Dedicated to my parents,
Concord Academy community,
and my host family.

谨以此书献给我的父母、康科德大家庭以及我的寄宿家庭。

我在康科德

——美国顶尖私立高中留学记

郑嘉竑 著

廣東省出版集團
广东人民出版社

图书在版编目(CIP)数据

我在康科德 / 郑嘉竑著. — 广州 ：广东人民出版社，2013.6

ISBN 978-7-218-08681-1

Ⅰ. ①我… Ⅱ. ①郑… Ⅲ. ①纪实文学—作品集—中国—当代 Ⅳ. ①I25

中国版本图书馆CIP数据核字(2013)第118720号

WO ZAI KANGKEDE

我在康科德

出 版 人：曾 莹

责任编辑：王 宁 杨 珏
责任技编：周 杰 黎碧霞
装帧设计：龙瀚文化 0755-33133493

出版发行：广东人民出版社
地　　址：广州市大沙头四马路10号（邮政编码：510102）
电　　话：（020）83798714（总编室）
传　　真：（020）83780199
网　　址：http://www.gdpph.com
设计制作：深圳市龙瀚文化传播有限公司
印　　刷：深圳市佳信达印务有限公司
书　　号：ISBN 978-7-218-08681-1
开　　本：787mm×1092mm 1/32
印　　张：5.5　　字　数：105千
版　　次：2013年6月第1版　2013年6月第1次印刷
定　　价：28.00元

序

2010年8月28日，13岁的儿子乘坐国泰航空CX830航班，独自飞向美国，开始了他的小留学生生活。时间一晃过了三年，这期间他是如何学习和生活的？他在想什么、做什么？读了小传《我在康科德》，我为儿子感到高兴——他融入了“康科德”这个大家庭中。灵活多变的课堂教学启发了他的思维，激发了他的学习兴趣。丰富的课外学习和体育生活使他扩大了知识面，结交了很多好朋友。在学校严谨有序的课外生活中，他接触了美国社会和美国文化。儿子快乐而充实的高中生活展示在我的眼前，这与我的高中生活截然不同！

过去的三年，儿子从一个懵懂少年成长为一个青年。“康科德”激发了他的学习热情，逐渐勾画出他的学习兴趣和潜能。他关注经济、热爱艺术。2013年4月16日纽交所黄金期货价格暴跌，他第一时间打电话给我们，探讨黄金价格变化的可能性。从学校放假回来，他会将自己的摄影作品带给我们欣赏。“摄影老师说我有一双对色彩异常敏感的眼睛”，他得意地告诉我们。

在儿子留学的三年中，电话、Skype、电邮、微信是我们联系的主要方式。每年的圣诞节、春假、暑假这三个假期他都会回到深圳与家人团聚。每年除夕十二点一到，他会第一时间打电话来给老爸老妈拜年！他将康科德学院校高尔夫球队发的比赛用球省下来，送给老爸，自己宁愿使用练习球。在我42生日那天，他悄悄地更换了自己的MSN签名——“四十二载风霜过，一鸣惊人甘甜来。年华易逝银丝现，牡丹笑迎又一年。”无声中送给老妈的生日祝福！

目前儿子已经开始做2013年秋季升大学的准备了。在康科德学院良好的学习为他进入美国大学奠定了基础。他能去到哪所大学、未来选择什么样的职业并不重要；重要的是他变得自信，慢慢地认识自己，了解社会，将自己的成长融合在社会的发展中，寻找自己的价值。我放飞儿子的风筝线不用收回了，他已经能够明确自己的方向，并展翅翱翔！德国教育家斯普朗格曾说过：“教育的最终目的不是传授已有的东西，而是要把人的创造力量诱导出来，将生命感、价值感唤醒。唤醒，是种教育手段。父母和教师不要总是叮咛、检查、监督、审查他们。孩子们一旦得到更多的信任和期待，内在动力就会被激发，会更聪明、能干、有悟性。”

儿子的留学之路也是很多中国孩子正在走的路。儿子作为行者，在此介绍一下自己的经验，全当是抛砖引玉吧。书中错误的地方还请读者多多包涵并批评指正。儿子的成长得益于深圳机关第六幼儿园、深圳市翠竹小学、深圳外国语学校分校老师们的辛勤培养；得益于康科德学院这个大家庭的关爱包容。在此我还要深深地谢谢Russ一家人，是他们给了儿子家一样的寄宿生活。

此书的全部所得将用于设立“变色龙”基金（Chameleon Fund），基金将用于学生的教育及医疗项目。希望小儿能管理好这只公益基金，以微薄之力回馈社会，资助那些需要帮助的人。

郑嘉竑的妈妈

2013年6月1日

前 言

来到美国读书这几年，身边总有一些朋友想了解我们这些小留学生在这边的学习和生活情况。他们常问我：“你是怎么申请学校的？老师是怎么上课的？学校吃得如何？周末怎么安排？”等等。于是，我萌生了利用业余时间写一本书的想法。一方面是让更多人了解美国私立高中的学习和生活情况；另一方面是给自己这几年来在Concord Academy的学习、生活做一个总结。我希望这本书能通过一名留学生的视角，带来您所需要的信息。

这本书仅是我这几年在Concord Academy的所见所闻，不一定能代表学校的立场及其他留学生的看法。如果您需要更多权威的信息，可访问Concord Academy的官方网站。

我对在这本书创作出版过程中所给予我帮助及支持的人表示由衷的感谢。

郑嘉竑

校长寄语

校长Rick Hardy（左三）来香港，2012年3月

作为一名资深教师和两名孩子的父亲，我深知私立学校的教育需要投入足够的时间、精力和资源。我相信每一位家长都意识到，世界上没有什么投资比投资孩子的未来更重要。

我很骄傲能与康科德学院联系在一起——与我们的学生、我们的老师和职员、我们的历史和文化联系在一起。我十分荣幸地借我的学生Gary这本书出版之际，在此来分享康科德学院的思想。

我们给学生提供了一个引人入胜的学习环境、一项严谨又相互支持的学习计划。在学校，他们通过体验精神生活上的起伏，和同学、老师们建立了亲密的关系；在课堂外，他们通过体育运动、发表刊物、社区服务等一系列的探索机会，建立友谊、了解团队、认识自己，并获得真正的归属感。

我的职业是教师。无论是作为学生，还是毕业后作为一名老师，我都一直深爱着课堂。当我还是学生的时候，学校对我来说是一扇通往世界的大门。后来作为一名老师，学校对我来说是帮助学生超越自我的路径——去寻找那些激动人心的发现，通过学习和努力来激发信心。在康科德学院，我和学生们、老师职员们都一样感到这种“青春永驻”，且源自同样的原因：帮助他们认清自己，养成善于思考、互相尊重、对周围的世界充满好奇、将学习和娱乐融为一体的习惯。

在我来到康科德之前，我早已听说这是一所严谨而富有创造力的学校；是一个尊重个人、吸引优秀师资的地方；是一所坐落在新英格兰小镇，却并不孤独的学校，她触摸着世界，但又是一个安全、严谨而又温暖的大集体。事实上确实如此。

我确信康科德学院在帮助孩子们建立通往大学的桥梁。但更重要的是，她在帮助学生认知什么才是完整的人生。康科德许下并坚守着自己的诺言：学生会认知并领会他们从何方来，又去往何方。康科德学院鼓励学生去寻找他们的热情、去定义他们自己、让他们在这个相互尊重、共担责任的集体中发现自己。毫不夸张地说，这种经历能改变我们学生的一生。

我们教育的宗旨始终围绕着“热爱学习、多元性以及建立互信”。在我看来，康科德学院的点点滴滴体现了我们的宗旨。我很荣幸能成为这所非凡学校中的一员。

我很欣喜Gary 写了这本关于康科德学院的书。Gary是一名出色的、有才华的学生；也是一位优秀的、思维慎密的年轻人。我想不出一个更合适的人选来分享这所学校的故事，以迎接下一代的学生。

康科德学院校长　Rick Hardy

2013年6月9日

June 9, 2013

As a career teacher and a father of two, I know that an independent school education requires a great commitment in time, in energy, and in resources, but I also believe, as I know every parent does, that of all the investments we make in the world, nothing is more important that the one we make in our children's future.

I am proud to be associated with Concord Academy – of our students, our teachers and staff, our history, and our culture, and I am honored to share a few thoughts about CA in this book about the school by one of our own students, Gary Zheng.

I think we offer our students a compelling learning experience, a rigorous yet supportive program, the chance to steep themselves in the life of the mind while also developing close relationships with classmates and adults; opportunities to explore a range of activities outside the classroom – sports, publications, community service – to build friendships along the way, to know the community around them, to know themselves, and to experience a genuine sense of belonging.

I have spent my career as a teacher. I have always loved the classroom, both as a student and later, beginning in graduate school, as a teacher. When I was our students' age, school for me was a doorway to a bigger world; later, as a teacher, it was a way to help students go beyond what they think they can do – to find that thrill of discovery and of confidence that grows from work and commitment. Here at Concord Academy, I feel "forever young" here among teenagers and among adults who are themselves here for the same reason I am: to play a part in helping kids become fully who they are; to instill habits of mind, of mutual respect, of curiosity about the world around them, and to model that serious work and fun are not mutually exclusive.

Even before I came to Concord, I had heard about it for years as a school that was rigorous, but creative; a place that honored the individual; that attracted terrific teachers; a school set in a beautiful New England village, but not set apart – rather, in the middle of a community; touching the world, but safe; serious, but warm – and I found that all of these things were true.

I believe that Concord helps kids prepare for college, but more importantly, it helps them understand what it means to be fully human. Concord makes and keeps this promise: that students will be known and appreciated for who they are and who they aspire to be. Concord Academy encourages students to find their passions, to define themselves and to discover themselves within a community, a community governed by mutual respect and mutual responsibility – a very powerful combination. It is no exaggeration to describe the experience students have here as life-changing.

Our mission revolves around love of learning, diversity of backgrounds and perspectives, and common trust. In my view, Concord Academy "lives" its mission in ways both large and small, and I am honored to be part of this remarkable school.

I am also delighted that Gary Zheng has written this book about CA. Gary is a wonderful, talented student and a fine, thoughtful young man. I cannot think of a better person to tell the story of this school to the next generation of students.

Sincerely,
Rick Hardy
Head of School

目录

ConteneS

第一部分　申请学校

第二部分 录取、准备出发

第三部分 学习生活

第四部分 课余生活

1 第一部分

申请学校

第一章
探路——暑假美国之旅

我和康科德学院的故事开始于初中时候的一个夏令营。当时我在深圳外国语学校分校读初一，眼前的世界很小。如果当时没有参加这个夏令营，我也不会对美国产生如此浓厚的兴趣并最终决定来到康科德学院学习。

1.1 飞向美国

初中一年级的暑假，我偶然得知深圳新通国际举办了一个去美国的夏令营。宣传单上介绍的行程一下子吸引了我的眼球，十八天的行程里有旅游、娱乐、参观世界名校，还可以住寄宿家庭。于是我跟十几个中学生一起参加了这个夏令营。其中最小的是我，最大的有高中生。当时我的心态就是想去玩一圈，了解体验一下美国文化，压根儿没想要去美国上学。

在华尔街参观

在纽约证券交易所前

2009年7月28日，12岁的我乘上了从香港飞往纽约的飞机。在游览、购物和娱乐的紧密行程中，我们一行人玩得很愉快。参观了自由女神像，在纽约证券交易所前照了相，并在第五大道买了东西，我们不知不觉走完了波士顿、费城和首府华盛顿。华尔

在华盛顿首府的合影

街、自由钟、白宫、林肯纪念堂和美国国家自然历史博物馆成了我一辈子都不会忘记的地方。

1.2 参观学校

行程中我们来到了耶鲁大学、哈佛大学、普林斯顿大学和麻省理工学院这四所世界顶级大学参观。每一所学校都派出了在校学生担任“导游”，给我们讲解学校的历史和小故事，并介绍学校不同的校风和文化。虽然对于当时的我来说，这样的旅行似乎是走马观花，看不出什么名堂，但是学校的环境和氛围就让我很震撼了。在一片片绿草地上，有随意交谈的年轻人、百年大树和随处可见的松鼠做伴，还有哈佛校园里那些穿着印有“Harvard”字样衣服来去匆匆的学生。

1.3 入住寄宿家庭

在游完纽约、波士顿、费城和华盛顿之后，我们一行人准备开始为期五天的学习。我们来到了位于宾夕法尼亚州的洛克海芬大学（Lock Haven University）。一下车，同行的Ben和我被等候多时的寄宿家庭男主人接到了家里。由于还没有吃饭，他决定带我们来小镇上的必胜客吃晚餐。到了之后，Ben和我都傻眼了：菜单都是些没见过的英文单词，我在中国必胜客餐厅里经常点的东西在这里都没有。男主人看着我们呆呆地坐在那儿，猜到了我们的难处，就帮我们点了那里最有特色的pizza。在餐桌上我们互相做了自我介绍，男主人Mike和女主人Heather分别是当地的牧师和大学老师。

1.4 五天的“留学生活”

第一天上课时，我的“课堂”概念一下子就被颠覆了。我读深圳翠竹小学时，不大的教室里一共塞下了八八六十四张桌子。有时候，前后桌的同学还会因为座位空间太挤而擦出一些火花。我读中学时，情况就有所改观，一个班级只有四十个人。但来到洛克海芬大学的教室后，我才知道什么是真正的“小班教学”。十张桌子围成一个圈，老师就坐在我们中间。没有讲台，没有黑板。虽然老师讲的都是我已经掌握的英语语法知识，但他绘声绘色、富有特色的讲述方式，同样激起了我的学习兴趣。老师的讲述结束之后便到了课堂任务环节，我的第一个任务是跟坐在旁边的人合作，把一段简单文章中的语法错误挑出来。我的第二个任务可称为“寻宝”之旅，老师给了我一张单子，上面有十个条件：找到一个能说出十个美国总统名字的人、一个知道十个州名字的人……我要跟其他人打交道，把符合条件的人的名字写下来。在课间聊天时，我认识了隔壁班上几个来自西班牙、意大利的学生。放学后我回到家里跟Mike和Heather聊了在学校的收获和新鲜事儿，并共进晚餐。这种夹杂着紧张和兴奋的新奇感一直伴随着我渡过这五天的“留学生活”。

接受洛克海芬大学颁发的学习证书

1.5 理想的种子

这种新奇感在接下来的旅程中也一直伴随着我，即便是后来回到深圳，这种感觉也久久没有散去，我想这是因为向往的种子已经种在了心里吧。美国的课堂氛围如此活泼，美国人如此自由和开放。回到家，我和爸爸、妈妈讲了我的夏令营感受，并开始为我人生的下一步寻找方向。这次美国之行的经历，犹如一座灯塔指明了我未来的道路。

第二章
了解学校，选择适合自己的高中

2.1 美国高中学制介绍及申请的最佳时间

想要去美国读书，首先要了解什么学习阶段是最适合去美国就读的时期；然后要明确可选择学校的范围，美国的高中分“公立”和“私立”，按照法律来说美国能接受国际学生就读的中学只有“私立”学校。美国各地方的中小学体制都不太一样，但是大多私立高中是从九年级到十二年级。每个年级的学生跟大学本科一样分别叫“Freshman、Sophomore、Junior和Senior”。我的爸爸、妈妈一直觉得这四个词无比绕口，用了差不多一年的时间才把他们分清楚，这也许是我的过错吧，没有让他们记住这么重要的词汇。其中Freshman是九年级的新生，而Senior则是十二年级的“老油条”。

如果要与中国的中学学习体制对照的话，中国的初三即是美国高中的九年级，高一是美国高中的十年级，以此类推。如果在中国读完初二即去美国读高中的话（八升九），刚好衔接得上；如果读完中国的初三再去美国读高中，可以选择重读九年级（九升九），或者读十年级的插班（九升十）。

因为学校里插班生的学位不多，所以“九升十”入学相对困难很多。以康科德学院来说，每一届[①]九年级的学位会有七八十个；而十年级的学位只有二三十个；十一年级的学位只有几个。在十二年级的时候，由于十二月初就要开始提交大学申请，所以基本上不招新生。我选择就读的康科德学院每年只会按照惯例招一名Thai Scholar[②]。听到这个消息后，我既庆幸又紧张。庆幸的是，我当时在初一的暑假，还有几个月的时间来做“八升九”的准备；紧张是我可用的时间也不多了。

① 根据Concord Academy2013年新生的录取数据，学校在587位申请Freshman学位的学生中预计录取80名学生；177位申请Sophomore学位的学生中预计录取14名学生；49名申请Junior学位的学生中预计录取2名学生。这个数据是康科德学院预计有多少名学生最终会选择该校入读，并不是实际发出去的Offer数量。Offer的数量每年根据学校所设计的录取模型变化，数量都会有所起伏。

② Thai Scholar是由泰国政府精挑细选，从每一届的高中毕业生中选取全国几十名考试成绩最优秀的学生。他们根据协议，可以任意选择全美最好的高中重读一年来适应环境。学杂费是由泰国政府负担，但要求学生大学毕业后的几年内在泰国工作。

2.2 选择学校

由于想法来得突然，之前并未做深入研究，面对择校等一系列问题，我一下子摸不着头脑，根据朋友的推荐，我和家人找到了深圳新通国际的张丽莎顾问（个人博客：http://blog.sina.com.cn/zhanglisha686），她把美国高中的申请流程及情况向我作了大概的介绍。当时摆在我面前的任务就是择校和准备托福、SSAT两个申请必备的考试，而当时我只剩下不到5个月的时间来完成这些事情。

美国的私立高中有将近300所，我当时便要从中找出五至八所适合我的学校来申请。现在回想起来，当时我找学校的策略是不全面的。由于没有太多的指标可以参考，我选学校主要参考的就是学校的地理位置及学校学生平均SAT成绩排名。为什么是这两个指标呢？因为美国的东北部是美国文化的发源地，聚集着许多名校，如哈佛、耶鲁、MIT和普林斯顿等。许多顶级私立高中也相继在这里拔地而起。在美国东部读高中的学生申请东部的大学比在西部读高中的学生相对容易、方便些。我个人也比较喜欢东部的环境。另一个指标便是学校学生的平均SAT成绩了。SAT也可以理解为SSAT的“大哥”，是测试学生阅读、写作和数学能力的考试，是申请绝大多数美国大学的必备考试之一。一个学校的SAT

综合成绩从一定层面上反映出了这个学校的教学质量。

在经过了仔细比较后，我确定申请以下八所学校：

（一）冲刺学校：康科德学院（Concord Academy）、圣·乔治学校（St George's School）、佩迪学校（Peddie School）。

（二）适中学校：布莱尔学院（Blair Academy）、泰伯学院（Tabor Academy）、摩尔西斯堡学院（Mercersburg Academy）。

（三）保底学校：威利斯顿·诺塞普顿中学（Williston Northampton School）、普林斯顿中学（Hun School of Princeton）。

第三章 准备及递交申请材料

3.1 递交申请材料的时间

康科德学院从9月份开学到次年1月15日会陆陆续续地收到来自世界各地学生的入学申请。近几年康科德学院每年都会收到超过七百份申请，其中来自中国（包括大陆、香港、台湾和澳门）的申请有将近100份。近几年来竞争越来越激烈，尤其是国际学生间的竞争。次年1月中旬至2月中旬是很多美国高中收取申请材料的截止时间。申请者会在次年的3月中旬左右收到录取通知书。

3.2 主要申请材料

了解了美国私立高中的申请内容后，我的亲切感油然而生。

先说说我对中国升学体制的看法吧：很简单，却又很不简单——考试！无论是小学升初中、初中升高中还是高中升大学，几乎都仅凭一个简简单单的分数，来决定学生的去留。记得初中时的一位老师说过："你们知道中考时少考一分的代价吗？少考一分就会被两万多人踩在脚下！"。虽然我从来没有验证这个数据的真假，但是自小以来我对考试从不敢懈怠。

相对于美国私立高中的申请制度来说，"考试成绩"这点东西就显得有点小儿科了。因为美国私立高中的申请材料非常丰富，它们不仅包括了学生学业上的表现情况，还包括了学生的品德、特长等各方面的素质。我把需要递交的申请材料主要分为四个大类：一是成绩，包括了学生近三年来的在校成绩以及SSAT和托福的考试成绩；二是推荐信；三是论文，申请者要提交好几篇上百字的论文来陈述自己不一样的经历和故事；四是课外活动及比赛奖项。以上四项申请材料是决定学生能否被录取的重要因素。

3.2.1 在校成绩

虽然"考试成绩"在申请美国私立高中时不是直接因素，但在对学生学习能力的要求方面和中国也是大同小异的，这些学习能力在申请学校时，就体现在学生的学习成绩单上。我申请的每个学校都要求学生给出最近三年来的学习成绩单，在校成绩在申请学校时占的比重可不小。我初中的成绩一直都很优秀，所以这对于我来说是很大的一个优势。由于要求近三年的成绩，我还特地回到曾就读的深圳翠竹小学开出了我六年级时的成绩单。成绩单是中英文对照的，要用学校专用的信纸打印好，盖上学校公章，并封装在学校的信封里，寄往申请的学校。

3.2.2 SSAT成绩

SSAT的英文全称是“Secondary School Admission Test”，中文翻译成“美国中学入学测验”。它是针对学生学术能力的考试。SSAT一共分为三个部分：词汇、阅读和数学，每个部分的满分都是800分，三个部分加起来一共是2400分。由于SSAT是为美国本土学生设计的考试，国际学生一般在词汇和阅读部分都没有什么优势，我也一样，但在数学部分则是如鱼得水。

为此，我找到了一家较有影响力的赴美留学培训辅导机构——深圳海龙教育服务有限公司，针对自己的词汇和阅读展开了紧张的培训。在接受了两个月的培训以后，我参加了在香港举行的SSAT考试。

3.2.3 TOEFL成绩

TOEFL即我们通常所说的托福是衡量母语为非英语学生的英语水平，是纯语言方面的考试。包括“阅读、听力、口语和写作”四个方面，满分是120分。和前面提到的SSAT考试一样，TOEFL考试不仅仅是智力上的挑战，还是体力上的挑战。从早上七点多进考场，一直考到中午。值得一提的是，根据每个学校的不同理念，SSAT和TOEFL的考试分数并不像中考或高考一样具有决定性。也就是说，高分固然更具优势，但也不能保证高分考生一定被录取。

3.2.4 推荐信

推荐信是申请资料中必不可少的一项。每个学校都会要求学生提供一封来自数学老师和一封来自英语老师的推荐信。这些信要用学校的专用信纸打印，老师签字

我和我的初中英语外教老师Alex

后用信封封好，通常推荐信会随学生的其他申请资料一同被寄往所申请的学校去。

3.2.5 小论文（Essay）

论文的题目有泛泛型的如“谈一谈你在学校所参加的活动及你的爱好”；也有一针见血型的如“请结合我校的学术、文化、艺术、体育来谈谈为什么要申请这所学校”；甚至还有一下让人找不着北的独特题目如“如果你能乘坐时光机回到历史的任何一个时间点，你会选择回到哪个片段？为什么？”等等。

在我申请康科德学院的时候，我清楚地记得有这样一道问题：“请用不多于400字来描述你自传的第179页上会写着什么？”我一下子不知道从哪里入手这个问题。在第一次动笔尝试写之后，我对自己的初稿很不满意。一篇没有亮点，没有新意的作文怎么能在众多申请材料中抓住老师的眼球呢？题目为什么要求是第179页而不是第17页或第79页呢？我索性拿起《巴菲特》和《索罗斯》的传记翻到第179页读了起来。《巴菲特》这本书一共是326页，第179页差不多在全书的中间位置，如果按人均寿命80岁来计算的话，传记中第179页上记录的应是一个人的中年岁月。这两本书第179页描写的都是他们在经过年轻的挫折后，在中年时期找到了自己成功之路的故事。我茅塞顿开——第179页将是我中年时候的经历。我现在是12岁，40岁是28年后了，那时候世界将会发生很多的变化。于是我写道：

“手握一杯拿铁咖啡，我已经40岁了。我有了很好的职业、稳定的收入、几个合伙人和一个幸福的家庭。

岁月已经到了2036年，整个世界与30年前相比有着巨大的变化，世界全面进入了信息化时代，人们为了节省时间，不太需要去办公室或学校办公学习。我也是这样，工作的时间，我在家里看股票市场的变化。看起来每件事情变得更容易，但事实绝非如此。每天我要分析大量的信息，获取其中有用的部分。此外我必须清楚经济变化的大趋势。我有一批‘同壕战友’，一旦有情况，我们立刻召开视频会议。我们在一起工作；在一起赚钱。我们曾经是小人物，但是经过这么多年的奋斗，我们有了些名气。

我不得不提及我的好朋友Tim，我们一同毕业于‘常春藤’，我们深深地了解对方。他和我怀揣同样的梦想和野心，毫无疑问毕业后我们去了同一家公司。刚开始的时候生活很艰辛但很幸福。有时候我们一餐只买两块钱的热狗但从不放过一份《华尔街日报》，我们开始用有限的钱去投资。几年以后他仍然是我最好的朋友，而我们吸引了更多的人加入。我们的状况和预算提升了，终于有一天我们建立了自己的投资公司，一开始公司只有六个人。我们每天开视频会，交流信息。许多年后我们拥有了大量的金融资源。一提起往事，Tim和我都禁不住开怀大笑。”下面是这篇“小论文”的英文原文：

Supplemental Form Personal Essay

Concord Academy requires that you submit one essay which should not exceed 400 words. In addition to the options provided on the SSAT application, you may also choose to write your essay in response to one of the following questions.

1. Imagine you are writing your autobiography. Submit page 179.(Please feel free to be imaginative.)
2. Henry David Thoreau said,"If a man does not keep pace with his companions, perhaps it is because he hears a different drummer. Let him step to the music he hears, however measured or far away." Can you recall a time when you dared to be unique?

With a cup of vanilla latte in my hand, it is time to write my 40s. By that time, I had an ascendant career, stable incomes, several confidants, and a happy family.

By the year 2036, the world is whole different from 30 years ago. The world was totally electric and the way people lived was another era. People did not go to office or school to save their time. And so did me. On work days, I just stayed at home and I watched the movement of stock market. Everything looked easy, but actually it wasn't. Every day, I had to analyze huge amount of information, and then abstract the most essential one. Besides I must have a sober awareness towards the trend of economics development. And I had a couple of close friends, once there was something investable, we would immediately hold a video conference. We worked together, and gained together. We were nobodies, but after years of striving, we are now somebodies.

And I have to mention my confidant Tim. We graduated from Ivy League, and we both knew each other well. He and I had the same dreams and aspirations. With no doubts, we went to the same company after graduation. And at the beginning, live was not easy but happy. We bought 2-dollar-hotdogs at hawkers as meals, but we never miss a Wall Street Journal. We strived, endeavored and started investing with countable dollars. After years, he was still my best friend and we attract more people to join us. Our status and budget raised and one day we decided to set up an investing company. There were only 6 people in the company, included guards, at first. But that's enough. We held video conferences every day, as I wrote before, and exchange useful ideas. After years, the company has abundant financial resources and once Tim and I recall the memory before, we always laugh out loud.

3.2.6 课外活动

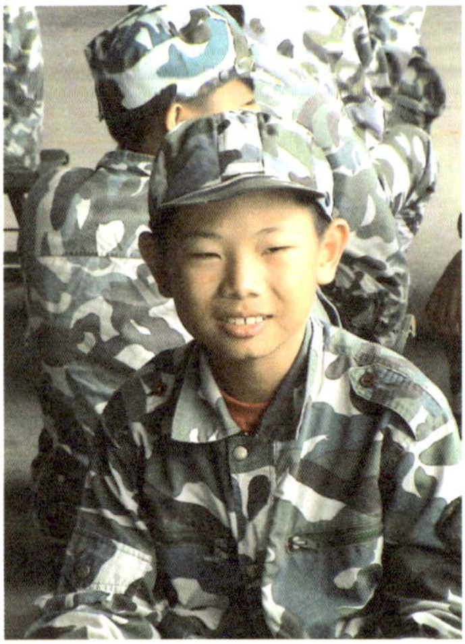
在黄埔青少年军校深圳分校学习

学校还特别看重学生的社会活动能力。毕竟，哪个学校不喜欢招有特长的学生呢？只要你有闪光点，不管是学术上、体育上、艺术上或是其他方面，申请学校时都会有很大的帮助。

我的社会活动：深圳市罗湖区优秀少先队员；学校广播员；2005年7月成为“黄埔青少年军校深圳分校”第294期学员，并顺利结业。

我的课外学习：2009年8月在美国洛克海芬大学学习一周。2008年中央电视台迎奥运“希望之星”英语风采大赛深圳赛区小学组一等奖；“第三届全国中小学生英语能力电视大赛”初中一年级组二等奖等。

我的艺术学习：2007年通过中国音乐家协会钢琴六级考试，能够熟练演奏门德尔松的《威尼斯船歌》、贝多芬的《G大调小奏鸣曲》（第一乐章）等曲目。

我的体育活动：喜欢篮球；2008年获得深圳外国语学校校体育节男子铅球第二名。

在书城听歌

在家中练习弹钢琴

此外，我喜欢旅游，到过肯尼亚、澳大利亚、波兰、捷克、匈牙利等很多国家。我的课外活动和许多同龄的同学一样普通，没有获得特别的荣誉，但这些活动是自己成长的经历。我将它们罗列在这里，至少填申请材料表格的时候有内容可写。

我在肯尼亚的马赛部落，2009年1月

在东非大裂谷，2009年1月

与非洲“百兽宴”演员合影，2009年1月

波兰华沙古城，2007年8月

在香港，2006年2月

3.3 补充资料

为了更好地介绍自己，我将自己的生活照片做成PPT，刻成光碟。分“学校、老师、同学”和“我的兴趣”两个部分介绍自己。我选了一张小学班级的毕业合影，班上一共有64名同学。我有一张获奖证书是小学六年级毕业考试全班第一，是64个同学排名中的第一，不同于美国全班十几个学生中的第一。另外我选了幼儿园的毕业照，充满稚气的我戴着博士帽。照片形象生动，是对申请材料的补充。

深圳机关第六幼儿园毕业照

另外，我还将我初中学校的介绍资料附在补充资料里。我是学校广播站的播音员，这些在学校的官方资料中都有介绍。

3.4 递交申请材料

我找到了中国邮政。将以下材料打包，邮寄到我申请的每一个学校。以下是申请学校的材料目录。

敬启者：

我是一名申请2010年秋季九年级入学的国际学生。我的一部分申请材料及申请费用已经通过SSAT在线提交。我提交的号码是No.028005159。另外我提交以下材料：

1. 个人简历
2. 获奖目录（奖状——中英文对照，按获奖日期排序）
3. 在读学校简介
4. 学校成绩单
5. 推荐信
6. 光盘——自我介绍
7. 存款证明
8. 个人护照复印件
9. 另外SSAT成绩已通过SSAT官网提交
10. TOEFL已通过ETS提交

申请人：郑嘉竑

2010年1月21日

第四章
面试及参观美国高中

面试是申请美国高中过程中很重要的一环。面试官看重的是学生和学校能不能很好地匹配（match）。俗话说："国有国法，家有家规"，每一所学校也有自己的理念和文化。

4.1 香港港丽酒店面试

2009年11月初我听在海龙一起培训的同学说香港有一个美国寄宿学校展览会，他已经预约到了一个美国学校的面试。我向他要了展览会的通知。看了参展学校的名单，基本上没有我认识的，去看看吧。2009年11月6日晚上我和妈妈带着我的一部分获奖证书、打印机、打印纸来到了香港。

晚上我和妈妈进行了分工。妈妈将我的获奖证书分

类插到透明的文件资料册里，我则开始撰写自己人生中的第一份个人简历。简历上有我个人的基本情况介绍和联系方式，我目前的学习情况和英语水平，简历的最后一部分体现的是我的梦想——去美国读高中，实现我的美国梦。从深圳家里带来的打印机和打印纸派上了用场，我一共打印了二十多份个人简历。

展会当天，我挑了一件印有美国自由女神像的T恤衫穿在身上，下身随便穿了一条牛仔裤。11点钟，我和妈妈来到了香港港丽酒店。

十一点半左右，展览会的大门开了。展会安排在酒店的一个大宴会厅里，里面摆放了很多长方形的小桌子。桌子摆放着各个学校精美的宣传资料，有的桌上还有学习文具、小动物玩具等。去哪个学校呢？我稍微犹豫了一下，决定先去不用排队的学校看看。我打开妈妈事先替我准备好的资料册，用流利的英文向老师介绍每张奖状的内容。资料册中有一张我在2009年1月30日途经肯尼亚赤道的证书，上面印有很多非洲动物的图片及我和爸爸、妈妈的签名。当时，一所美国高中的黑人老师一直打量着我，似乎要hold我了。那个眼神鼓励了我，给了我充足的信心。（那个学校后来的确发了两次邀请函，希望我能申请他们学校）。我给每个交谈过的学校留下了我的简历，期望能有所收获。

美国主教高中是一个长着大胡子的面试官。“你愿意明天来面试吗”。“面试？太好了”！我想都没想到会有这么好的机会。“可是我的通行证是一次往返香港的，明天不能通关来香港。”我沮丧地告诉他。我甚至掏出了港澳通行证给他看。他二话没说，“就这会儿来面试吧”。他与他的同事交代了下，领着我来到港丽酒店的咖啡厅。

“你的SSAT成绩是？TOEFL成绩是？”他问了我一些问题。然后给了我一张他的名片。他叫Vincent S. Hodge，是主教高中（Episcopal High School）的面试官。“你申请美国高中有任何问题可以随时联系我，我愿意帮助你”这是Hodge给我的结束语。Hodge签过咖啡厅的消费账单后，和我一同回到了展览厅。这可是我的第一次面试，没有任何准备。“他愿意帮助我？这太好了！”美国老师真友善，还请我喝咖啡。一种幸福的喜悦荡漾在我心里。

在展览厅一个女孩子流利的英语吸引了我。“申请你们学校要求最低的托福成绩是多少？”她问桌子对面的老师。“九十分以上”，老师说。九十分以上的托福成绩可是不低啊，这一定是个好学校。我等几个同学都与老师聊过后，开始向这位大个子的老师介绍自己。我一页一页地翻动着我的资料册，大方地用英语告诉老师我的学习和课外活动情况。“这张是我的小学毕业班合影；这张是我的幼儿园毕业照。”。看着我那张戴着博士帽的毕业照片，老师笑了。“这是我的梦想，我想到美国读高中！”，我告诉他。“你愿意今天留下来面试吗？”老师问我。“愿意啊，谢谢老师！”。要知道我的海龙同学们可是提前了几个月才约到面试机会的。老师在他的名片上写下了3:40PM的面试时间。哦，他叫John McGarry，是康科德学院的面试官。拿着John的名片，我兴奋得连平时我最爱吃的五星级酒店自助餐也吸引不了我了。

下午三点四十分我在展览厅如约见到了John。展览会的时间是上午十一点开始到下午三点钟结束，这时展会的工作人员已经开始撤展了。我们坐下后，John问了我面试经常问到的问题：“你平时有什么爱好？”“你为什么要来美国读书？”等。面试交流的时间只有二十分钟，但我们互相建立了好感和信任。我瞥见John给我的英语口语是五颗星。最后他将桌子上的印有康科德学院标志的笔筒送给了我，虽然里边的笔早被参加展会的同学们瓜分了……

事后回想起来，当天参加展览会的收获真是不小。二十多份简历只剩下两份了，重要的是我临时约到了两个面试机会。后来我才知道每年香港港丽酒店都有这样的展览会，在北京和上海也有类似的展览会。参会学校的面试官们借此机会一方面在展览会上宣传学校；一方面也安排学生面试。不过这些面试最好提前与申请学校联系。毕竟面试官提供的临时面试机会并不多，因为他们的行程都是提前安排好的。我后来在康科德学院见到John时才知道John和他的同事们每年都会去全球各地挑选适合康科德学院的精英学生，自从2009年他来了香港之后，他对亚洲越来越感兴趣，无论是亚洲的文化还是亚洲学生的素质。他已经到过中国香港、上海、北京，去过了韩国，并准备去泰国和日本。2011年，John还去了德国，并给我们年级带来了一位一年期的交换生。John喜欢跟不同的人打交道，并给康科德学院带来多样性的学生。当然John每年的行程都不同，如果你想在中国见到他的话，你可以联系康科德学院的招生办（Admission Office）。

4.2 为去美国面试和参观学校作准备

2010年1月21号我通过邮局寄送了所有的申请资料，心里总算松了口气。我一共申请了八所学校，除了康科德学院在香港进行过面试，其余学校的面试只能通过互联网或电话来进行了，虽然网络和电话可以使校方和学生相互了解，但对这种沟通方式带来的效果，我仍持怀疑态度。

1月底国内的学校开始放寒假，我有了一个月的自由时光，我想与其在家里等面试，不如去美国的学校现场面试。同时，我还可以看看美国的私立高中到底是什么样。我向爸爸、妈妈讲了我的想法，得到了他们的充分支持。我申请的八所学校都在东海岸，行程也比较容易安排。在去美国之前的几个星期，我给这些学校的招生办打了电话，预约了面试和参观学校的时间。由于已经错过了上年九月到当年一月的面试安排时间，有三所学校没有办法对我进行面试，但仍然欢迎我去学校参观。各学校都很体谅我和家人千里迢迢来到美国的实际情况，尽量安排了我要求的时间，好让我顺利完成行程。出发之前，我找了旅行社，针对我此次美国之行的实际情况及目的制定了出行计划，并一一落定了行程中的学校、酒店、车子。

摩尔西斯堡学院面试通知中明确要求面试的学生必

我着上了“正装”

须着“正装”。可我的衣柜中除了校服就是运动服，没有正装。这可如何是好，一时不一定能买到合适的正装，我打开老爸的衣柜，穿上他的西装试试。虽然上衣大了点儿，裤子短了点儿，但系上爸爸的“易拉得”领带，围上厚厚的围脖，披上老爸的呢子大衣，白领形象还是依稀可见。借不到合适的皮鞋，看来只得买了。

4.3 参观学校

2010年2月1日，在妈妈的陪同下，我从香港出发，踏上了美国高中的面试和参观之路。这是我第二次去美国，在飞机上，我心中有了一种莫名的熟悉感，华尔街、自由钟、白宫、林肯纪念堂和美国国家自然历史博物馆等一一浮现在我眼前。我知道，2009年暑假时播种的种子已经生根发芽了……

4.3.1 摩尔西斯堡学院（Mercersburg Academy）

行程中的第一所面试学校是摩尔西斯堡学院，学校位于宾夕法尼亚州。2009年学校学生平均SAT成绩是1830分，在我申请的学校中被放置在适中位置。来到学校的招生办，学校的招生办主任Michael C. Mitchell接见了我和妈妈。他与我面谈了二十多分钟后，也与我母亲进行了短暂的交流。

摩尔西斯堡学院占地三百英亩，学校的教堂里挂满了各个国家的国旗。我们去学校的教学区参观，一些学生正在上课，我看见一间教室里十几个学生围坐在一张长方形的桌子旁，老师在演示PPT，这场景让我不由自主地想起了2009年我在洛克海芬大学的“小班教学”。摩尔西斯堡学院的校园环境很美，生活和教学的配套设施都很完善，学生宿舍里还配备了打印机！摩尔西斯堡学院是被列为美国20所AP课程最多的高中之一——提供40门AP课程；美国20所体育活动最多的高中之一——提供19项体育活动；美国20所课外活动最多的高中之一——提供76项课外活动；美国20所校友捐款最多的高中之一——拥有2亿多的捐款。

4.3.2 泰伯学院（Tabor Academy）

泰伯学院被我定位在“适中”的申请学校中。学院创建于1876年，在马萨诸塞州东南部，距离波士顿40分钟左右的车程。因为坐落在Buzzards海湾，泰伯学院被称作“海边的学校”。学校的招生办是一座独立的别墅。我们坐在招生办的一楼会客厅里喝着咖啡，吃着绿绿的苹果，放松一路的奔波。招生办的主任助理G. wiley Wakeman面试了我。

作为一所坐落在海边的学院，Tabor Academy延续了独一无二的海上传统，并体现在学校各项的活动中，校内有全美少有的赛艇及帆船队。Tabor除了传统的文理学科外，还有鱼类学和海洋科学。就读该校的学生们要求具备以下品质：对广阔的世界有思想准备和认识，坚定不移，有勇气、好心情、方向感，谦逊。

参观Tabor Academy

4.3.3 佩蒂中学（Peddie School）

参观Peddie School

佩蒂中学是我申请的"冲刺"学校。来美国之前它的学校官网中关于学校设施的介绍最吸引我。招生办的DanaBrown看了我的简历，说深圳外国语学校是所非常好的学校，他们已经收到好几份入学申请了，我顿时感到竞争的压力。我给她看了随身带的光碟—上面是我个人的介绍。

佩迪中学成立于1864年，位于新泽西州，是美国著名的男女混合制寄宿中学，学校占地二百八十亩，在普林斯顿的东面，纽约和费城的中间。校训是：尊敬、诚实、学术、平衡、勇敢。学校特别设有艺术中心，各个多姿多彩的"工作室"是学生们展现各自精彩创意的地方。

4.3.4 圣·乔治学校（St. George School）

2009年该校学生平均SAT成绩是2000分，在我申请的学校中被放置在冲刺位置。该校的人文科学和科学学科是优势学科。St. George学校提供大学预科课程，与此同时学校还坚持小班授课。

在圣·乔治中学等待面试的时候我们有幸认识了来自SSAT中心的Richard Sherwood，他是陪一位越南学生来学校面试的。“圣·乔治是一所非常好的学校，如果你能收到这里的offer，别的学校你就可以不去了。”“圣·乔治学校有这么好？”我半信半疑中瞥见了他的名片，头衔是SSAT的执行官，那么他对美国学校应该是比较了解的吧。

其实我去过的每一个学校我都很喜欢。全美有300多所私立高中，而我选择的学校SSAT排名都在前100名，他们的教育体制都因学生而设计，学校的老师都很友好，学校的设施都非常先进。当然学费都不菲。

4.3.5 布莱尔学院（Blair Academy）的奇遇

2009年该校学生平均SAT成绩是1850分，在我申请的学校中被放在适中位置。

来美国之前我给布莱尔学院的招生办打了几次电话，因为没有收到我递交的申请而无法安排我的面试。“既然已经来到了美国何不去学校看看。”我们驱车来到了布莱尔学院，当我出现在招生办接待员面前时她惊讶地看着我。“Gary Zheng，找到你的名字了”，她说。“你的资料是昨天从申请网站上提交过来的，我们正在与你联系面试的时间安排，你等我下。”她走出了招生办。我们等了没几分钟，走进来一位四十出头的女老师。“你们从中国来的？”她一进门就兴奋地问起来。“这几天可是下了好大好大的雪，你们一定走了很长很长的路”。她握着我的手，我赶忙说：“对不起，我们从中国出发的时候没有接到面试通知，但我非常喜欢布莱尔这一艺术家的摇篮。能不能给我面试的机会？”“好男孩，你等我一会儿。”她匆忙出去了。又等了一会儿，女老师和一位中年男子走进来了。“他来安排你的面试。”女老师对我说。我跟着那位中年老师进了他的办公室，他开始对我面试。大约二十多分钟的面试结束后，他给了我他的名片：他叫Ryan M. Pagotto，是招生办的负责人，是面试过我的老师中级别最高的一个。回到招生办我才知道，这位四十多岁的女老师是布莱尔学院校长的太太。正是因为招生办的接待员直接找到她，才能在这么短的时间内解决了我的面试问题。“真是太感谢了！”临别布莱尔学院时，我们在学校的走廊里又遇上了校长太太，我向她深深地鞠了一躬。

4.3.6 威利斯顿·诺塞普顿中学（Williston Northampton School）

2009年该校学生平均SAT成绩是1757分，在我申请的学校中处于保底位置。在来到学校美丽的威利斯顿·诺塞普顿中学的校园后，一名学生及一名老师分别带我参观了学校。学校的招生官Ara C. Brown面试了我。在半个小时的面试里，我与Brown先生聊得很轻松。从他的热情中，我感受到了他对我的欣赏，所以我对进入这所学校的把握很大。

与招生官 Ara C. Brown，2010年2月

4.3.7 康科德学院（Concord Academy）

2009年该校学生平均SAT成绩是2040分，在我申请的学校中放在冲刺位置。学校于1922年建校，位于马萨诸塞州的历史名镇——康科德镇。学校占地39英亩，离波士顿18英里，学校共有学生360名，其中国际学生比例为7%。学校的吉祥物是一只绿色的变色龙。康科德学院的师生比例为1:6，平均每个班只有12名学生。

来到康科德小镇后，我们迷失了方向。一位好心的本地司机把我们带到了学校。在我们由衷地感谢他

初次来到康科德学院

之后，他说他是本地人，带路是应该的。原来Concord Academy就在小镇的中央，交通十分便利，周边也十分热闹。

我和妈妈来到招生办才知道John外出了。由于申请季节已经结束，学校不再提供Tour了。招生办的前台接待人员给了我们一张学校的参观图，她说因为一时安排不了学生带我们参观学校，我们可以自己贴上Visitor的标签自行参观。“来也来了，只好如此了。”我和妈妈对照地图对教学楼、运动中心、食堂、教堂等一一进行了参观。虽然学校不是很大，但是学校美丽的环境给我留下了深刻的印象。有一大堆书包丢在教学楼的大门入口处，没有人看管；学校的老师友好地向我们点头；

“如果我能来这里读书该多好啊”。参观结束后我们回到了招生办，给John留下了一张小纸条，告诉他我们来过学校了。

在参观之后，我访问了康科德学院的官方网站（www.concordacademy.org）。网站上不仅仅有学校深入的介绍，还有很多值得挖掘的东西例如照片、新闻和学生的生活介绍。事后我曾后悔，如果那次香港的展会，我当时是有备而来，对康科德学院有深刻了解的话，相信那次面试的我表现会更加出色。

4.3.8 普林斯顿中学（Hun School of Princeton）

2009年该校学生平均SAT成绩是1820分，在我申请的学校中被放置在保底位置。我虽然有机会前往美国，但仍然没有获得学校的面试安排。2010年2月12日中国农历新年的前夜我在深圳家里接受了普林斯顿中学的电话面试。有了八次现场面试经验的我对大部分面试问题都胸有成竹，这次电话面试一共进行了二十多分钟。电话面试结束后我感觉没什么机会，老师问的都是一些常规问题，并没有给我机会突出我的个人特点。面对面的交流与电话交流还是有很大的差别的。

4.4 面试经验小结

经过了香港港丽酒店不期而遇的展览会面试、美国学校的校园面试、普林斯顿中学的电话面试后，我对此有了自己的经验总结：面试官们在面试时在意的并不只是你对问题的回答，而是你整个人的素质和气质。自信、活泼、畅谈的学生自然会给招生官留下深刻的印象。能说的时候则多说，这会让招生官觉得你很热情。回答问题的时候一定要真诚，不能为了申请而把自己好的一面夸大，坏的一面遮掩。

另外，尽可能选择现场面试。如果不能去美国学校进行校园面试，就要抓住申请学校的面试官来国内的机会进行面试。当然也有同学电话面试的效果比面对面更好，每个人的情况不一样，选择的策略应有所不同。

经常面试的问题如下：

1. 告诉我关于你的一些新鲜事儿。
2. 你最大的优点和缺点分别是什么？
3. 你最喜欢的课程是哪一门？
4. 你为什么要来美国读书？你为什么会申请这所学校？来到我们学校后，你能为这个集体做出什么贡献？
5. 如果你的朋友用三个形容词来描绘你，那会是什么？
6. 你将来的目标是什么？你认为将来自己会做什么？
7. 这几年来你最大的变化是什么？
8. 你自己的特别之处在哪里？等等。

2 第二部分

录取、准备出发

第五章
收到offer

5.1 等待申请结果

2010年3月10日，也就是在我按下提交入学申请按钮不到两个月，学校将会寄来是否录取的通知书。在这两个月里，我能做的事只是耐心等待。在一而再、再而三的确认提交的资料完整，论文没有语法错误后，我还是惴惴不安。但是我还能做什么呢?

回到深圳外国语学校初二班，我需要自己静下心来学习好当下的学业。并且这个学期的学习成绩也要交给未来录取我的学校。

5.2 拒信和候补通知接踵而来

三月初的时候，我收到了布朗先生寄来的一张卡片。布朗先生是我在香港港丽酒店面谈过的老师。我和他谈得很愉快，他当场也表示了对我的大力肯定。那张寄来的贺卡上他用很清晰的字体满满他写上了祝福以及希望我去他们学校的愿望。我很感动，要知道他能在一年最繁忙的时间中抽出时间来写贺卡是一件多么不容易的事。在接下来的几天中，这张贺卡上的祝福替我排解了无数紧张的情绪。

2010年3月10日一大早我便迫不及待地打开邮箱，邮箱里一封新邮件也没有。这时我才反应过来，原来这时候还是美国当地时间的9号晚上，要等到晚上或明天一早才能知道录取结果。10号晚上我陆陆续续接到了来自泰伯学院（Tabor Academy）、佩蒂学校（Peddie School）、摩尔西斯堡学院（Mercersburg Academy）、圣·乔治学校（St.George School）的拒信。我的心沉了又沉，我真的这么差劲吗？为什么这些学校都把我拒之门外？第二天我又十分郁闷地看到我心中向往的布莱尔学院（Blair Academy）也为我“半掩”了一扇门——我被放在候补名单（Waiting List）上。在美国像我这样同时申请几所中学的学生有很多，很多时候一个申请者会同时收到一份以上的录取通知。因为他只能去一所学校，如果他放弃录取学校的学位，这个机会就会派给候补名单上的学生。“难道我需要再申请一次不成？”

5.3 收到录取通知书

当天晚上10点多钟，我不甘心地再次打开了邮箱。在之前的退信上面又多了一封新邮件。看到那封未读邮件的第一个词我就快要叫出声来了，邮件的开头赫然写着“恭喜（Congratulations）”！接着往下看，后面几个词我更是令我激动不已。邮件的主题是“Congratulations from Concord Academy”。“亲爱的Gary：我们决定录取你为康科德学院2010年秋季的新生。招生委员会认为你出众的学术成就、卓越的课外活动以及优秀的个人品质吸引了我们，我们希望你能加入到康科德的团队中。”那一刻我激动的眼泪夺眶而出，我趴在了书桌上号啕大哭。妈妈闻声赶来，我止住哭声抱起了她。“我被康科德录取了！”“我被康科德录取了！”妈妈被我抱着转了一圈又一圈。赶紧给老爸打电话，向他报告这世界上最好的消息！（附康科德学院录取通知书）

我一共申请了八所学校，康科德学院和威利斯顿·诺塞普顿中学同时录取了我；布莱尔学院给了我一个“waiting list”；普林斯顿中学没有任何通知；其余四所学校全是拒信。对我而言拥有康科德学院的offer就足够啦！这个结果再一次让我认识到美国学校的招生标准并不仅仅是分数。我面试时感觉自己去泰伯

CONCORD
1922
ACADEMY

Concord Academy
166 Main Street
Concord, MA 01742

www.concordacademy.org

PHONE: (978)402-2200
FAX: (978)402-2210

March 10, 2010

Dear Gary,

Congratulations! I am delighted to offer you admission as a boarding student in the freshman class at Concord Academy for fall 2010. The Admissions Committee, composed of admissions counselors, faculty, and senior students, was impressed with your academic achievements, the areas of excellence you have established outside the classroom, and the many personal strengths that you possess. We cannot wait to have you share these attributes with the CA community.

We recognize, Gary, that making the choice to attend a boarding and day school comes with the excitement of joining a new community and the challenge, as a boarder, of stepping away from things that are most familiar—family and friends. Unique to CA is the special blend of boarding and day students of which you will be a part. At Concord Academy, students and teachers will welcome and encourage you as you find your place here. You will pursue your passions, explore and develop new interests, and be supported by your new school community throughout your time here.

To reserve your place at CA, please have your parents return the enclosed enrollment contract as soon as possible and no later than April 10, 2010. If you decide not to enroll, we will be disappointed, of course. But because there are other students currently on our waitlist who are anxious to attend CA, we ask that you notify the Admissions Office as soon as possible to let us know of your decision not to enroll.

Starting in late March, we will host three revisit days on campus designed to reintroduce you to CA and, ideally, to affirm your choice to join our school community. You will soon receive an email invitation with further details about revisit days and how to register. If you believe attending such a day will assist you in making a final school decision, please reserve a spot for either Monday, March 29; Wednesday, March 31; or Tuesday, April 6. Since spaces are limited, we ask that you notify us no later than March 24 to let us know that you plan to attend one of these days.

Again, congratulations, Gary! We are so excited about the prospect of you joining our school community. If any one of us in the Admissions Office may be of assistance to you or your family in the next several weeks, please call us. I hope to see you soon!

Sincerely,

Marie D. Myers

Marie D. Myers
Director of Admissions

学院读书不是问题，可托福成绩比我低的同学收到了录取通知；和我同时申请了康科德学院，并且托福和SSAT成绩都是顶呱呱的同学，他的名字却被放在了waiting list中。2009年全球有700多人申请康科德学院九年级的学位，最终有80名新生注册，而我是幸运儿之一！看来美国学校有自己的录取标准——适合的才是最好的！

5.4 签署合同，交学费

十几天后，康科德学院寄过来一个大包裹。里面有两个夹子一个写着“For You！”，另一个写着“For Your Parents”。在给我的包裹里，除了有录取信，还有精美的康科德学院宣传册等。另一个包裹里则是正式的信件以及合同。为了保留学位，我需要尽早回复学校并缴纳学位的定金。

学校的合同是由家长和学校双方共同签署的。主要包括学费、学生保险等内容。一般情况下付学费的办法有三种：一次性付款；每学期付款和分十个月付款。由于分次汇款比较麻烦，而且还要交汇款手续费，我选择了一次性付款。学校要求所有非一次性付款的家庭参加学费退还保险（大约$700），对因患病或家庭变故等无法预知的原因无法完成课程的学生提供了保障。

2010—2011学年住宿学生一次性付款的费用是

41580美元，这个费用包括了学费和学生在学校吃住的费用，但是不包括课内外活动和买书的费用。康科德学院的每一个学生都有一个小金库（Bookstore Account），周末参加学校组织的收费活动、上摄影课买胶卷和冲印纸、买文具等都是从这个账户支出的。这个“小金库”除了不能取钱，什么都能干了。每年学校要求家长在开学前汇$850到这个“小金库”里。根据每个学生的花销不同，这个金额会在上下浮动，多退少补。买课本的开销根据学生课表不同，在$650上下。这个账户的每一项开支都会通过电邮在一定时间内告知家长。从2012年开始，康科德学院改变了原先“学校订好书，开学去领书”的方式。在康科德学院的网站上，学生可以提前知道自己的课表，并根据需要在网上订书。用我的美国银行借记卡付完款后，这家公司会把书送到学校。

算账时间到！据我估算，留学美国私立高中一年需要支付的大概费用如下：$48,000（学费）+$1,500（书费和“小金库”）+$2,500（生活费）+$6,000（往返美国与中国的三次机票）=$58,000。此外学校有捐赠的传统，捐赠金额根据每个家庭自己的情况而不同，捐赠的时间有一年捐一次的；也有一次性捐的。

5.5 助学金（Financial Aid）

康科德学院多年来给25%的学生提供助学金。这里的助学金不是奖学金，不是给成绩突出或有重大突破的学生，而是给家境一般，没有办法支付昂贵学费优秀学生的。康科德学院不鼓励互相竞争，也没有公开排名，所以也没有任何学术上的奖励。有需要的学生在入学的时候可以提出申请助学金。

第六章
签　证

6.1 准备留学签证

在接到康科德学院的offer之后，下一件摆在我面前的事是去美国驻广州领事馆办理签证了。由于我之前去过两次美国：一次是去旅游，一次是去参观学校，因此我对申请留学签证胸有成竹。值得注意的是，我之前获得的是旅游B类签证，而这次申请的是学生F类签证。两者所需要的申请资料是有一点差别的。两个都需要到美国驻华领事馆的网站上把DS-160表格写了。不同的地方是F类签证需要学校签发的I20证明。

6.2 “妮地铅整通果了”

这些资料准备完毕后，我到中信银行买了准备交给领事馆的汇票和预约面试时间的电话卡。面谈的时间安排在几周后。面试当天一早我从深圳乘坐动车来到了广州东站，很顺利地找到了广州火车站附近的美国领事馆。我一个人进了拥挤的领事馆，等待面试官叫我的名字。领事馆里人们来去匆匆，屏幕上循环播放着“美国欢迎您”的宣传片。排在我前面的那位女士被拒签了，她的情绪一下失去控制：“我已经去过两次美国，为什么把我拒掉了？”看到这一幕，我心头一紧。轮到我了，我礼貌地递上了自己的资料并主动和签证官打了个招呼：“Hello”。一分钟后签证官用不太标准的中文对我说：“妮地铅整通果了”，这时，我心里的一块石头落地了！

6.3 续签

我之后了解到，在第一次留学签证之后，每年还需续签，但手续就简单多了。中信银行跟美国驻华领事馆合作，提供了一个叫“传递通”的服务。也就是说，我接下来申请学生F1签证时，只需要把申请资料交给到中信银行就可以代办了。每次的代签费用不贵，且可以为我省去很多时间。

F1签证[①]续签需要的资料

1. 护照原件（距出境日期大于六个月）
2. DS160签证表确认页（网站申请）
3. 签证照片（近半年）
4. I20
5. 在校成绩单
6. SEVIS收据
7. 签证申请费等费用

① 自2013年3月16日开始，美国的签证流程有些小的变化，具体可以参照美国领事馆网站（如现在可以不用去中信银行购买申请费，可以直接用银行卡在网上交纳）。

第七章
准备行程

7.1 正常飞行

我常飞的一条上学线路便是“香港—纽约—波士顿”，然后坐车到学校。我习惯预订香港国泰航空公司的票，然后在美国的订票网站上预定往返纽约和波士顿的票。从香港到JFK（纽约肯尼迪机场）的航班正常要飞行十五个半小时。

我算了一算，每年来回的机票也要不少钱呢。在康科德学院的前三年，我每逢两周以上的假期都会回家。也就是说圣诞假、春假和暑假都回家的话一年要往返三次。我每次都会定往返票，因为这样会比单程便宜不少。国泰航空的机票可以用亚洲万里行（Asia Miles）来积分，到了一定的积分便可以换机票或者礼品了。Asia Miles的网站上有蛮多精致礼品可换的，而且都很实用。我曾换得一个移动硬盘，但是对于我来说还是换机票比较划算。如果要换一张我上学用的机票，我要飞11次才够积分。

虽然我不能算“牛高马大”，但是我一米八的身高还是觉得经济舱的座位略显拥挤。我每次出发前两三个月就会在国泰航空的网站上预定好靠走道的座位。

十五个半小时的空中旅程，其实并没有许多人想象的那么痛苦。我喜欢国泰航空的原因之一就是在飞机上有蛮多电影可以选择，而且更新比较频繁。还有另外一个原因就是国泰航空的东西很好吃。除了两次正餐，还有自选的小吃和泡面。虽然我算不上贪吃，但我很喜欢飞机上的甜点。除了有美味的蛋糕外，还会有一份哈根达斯雪糕。我会在“睡觉—醒来—想接着睡却睡不着—看电影—玩手机—吃—睡觉”的无限循环中飞到目的地。

国泰航空所提供的美食，主菜总是很合我的心意，更别提可口的甜点了

到了纽约后，第一件要做的事是过移民局。那里等候的队伍之长真是让人受不了，每次一排就是一个多小时。通常大家会趁这个时间把飞机上发的两张申报表（一张给移民局的，一张给海关的）填完。轮到的时候，移民官会例行问几个问题："你这次来美国的目的是什么？""你是一个人来的吗？"等等。回答问题的时候我会把I20、护照、表格给他检查。过完移民局便要提取行李了。拿好行李后，最后一关便是过海关。海关有时候会抽查旅客的行李，我就被查过一次。所幸的是箱子里并没有带食物等，顺利通关。

从波士顿机场出来，回学校的路就轻松多了。康科德学院在放假的时候会组织大巴前往Logan机场及车站接学生，我们只需提前报名就行。坐大巴是最经济的办法了，来回只要不到$20。

7.2 意外——飓风和晚点

在我读十年级返回学校的时候发生了一件意想不到的事。本来我已经订好了八月底的票，临行前两天的晚上，我在坐港铁的时候看到了地铁视频上播出"最新消息：国泰航空因美国Irene飓风取消明后两天的航班…"。其实去香港的时候因为天气不好我曾有过这种不妙的担心，但是没想到这事儿真的就发生在了自己的身上。也许是学生倾动反巢的时候吧，当晚国泰航空的电话被打爆了。在一个小时内，我听到的唯一答复就是那段等待音乐。在老爸、老妈的轮流拨打下，我们终于接通了国泰航空的热线，得到的答复却是“现在没有空位”，最早飞去纽约的飞机要九月十几号了，也就是差不多要等到开学两个星期后！在说明情况后，国泰航空的服务人员热心地为我抢到了一张三天后去洛杉矶的机票，但是要自己处理从洛杉矶到波士顿的机票。我在没有其他选择的情况下订了一张Delta（达美航空）的美国国内机票，但预计到学校的时间是凌晨两点！我二话不说赶紧把这个半喜半忧的消息告诉了康科德学院的负责人。

从香港出发后，我第二次来到了LA（洛杉矶）。由于等待和旅途的疲惫，下飞机的时候我已经是迷迷糊糊，竟然忘记了一个重要无比的事情：由于之前次次都是乘香港至纽约的飞机，我按照经验预留了不到三个小时的转机时间。谁知道那天洛杉矶移民局的人无比多，加上工作效率又低，我在入境的时候排了近两个小时的队！我转机的时间所剩无几。好不容易入境后，领行李时我这才知道原来在洛杉矶转机的旅客可以领一个快速过站牌，这样能省去很多排队时间。当时我真的后悔死了，怎么会错过这个细节。我推着两件行李一路快跑到了达美航空（Delta）所在的航站楼，但是已经来不及了。在Delta柜台前一位热情的日裔美国空姐接待了我。在当时那种无助的情况下，一见到亚洲面孔我就觉得万分亲切和值得信赖。在听完我的苦水和不幸之后，她以真诚和热心感动了我。我永远也不会忘记那份寒冬中的温暖，给了我勇气和信心。由于西海岸飞东海岸的飞机少，所以我的选择真的很少。如果愿意等，当晚凌晨有一个航班可以试试运气，她给了我一个候补（Stand-by）位子；或者今晚在洛杉矶住一晚，明天上午有一班航班有空位。今晚这班飞机上有没有我的座位还是一个未知数，我只能赌一下运气吧。毕竟我现在除了等待，还剩下什么呢？回想起那人生中最无助的七个小时，我至今也不知道当时自己一个人是怎么熬过去的。晚上十一点飞机已经开始登机了，可我的名字还在候补名单上。等到几乎所有人都已经检完票了，我的名字突然出现在广播里。也许是幸运女神再也看不下去了吧，在最后时刻给了我这个宝贵的座位。登机后我给学校负责人以及出租车公司发了短信，告诉他们第二天八点飞机才能降落。一路上我睡着了，但是不那么安稳、踏实。

第二天在费尽千辛万苦，经历各种阻碍后我终于回到了波士顿。这一路的遭遇让我觉得比唐僧取经还要艰辛。找到提前预定的出租车后我直奔学校。下车已经是第三天上午的九点半，眼前的校园一点也没变，就如我走的时候那般安静。我算了算，我已经迟到了将近四天！我拖着两个箱子找到了自己的房间，丢下行李后，直奔主任办公室报到。主任看到我后很惊讶，对我开玩笑说："恭喜你成为最后一个报到的学生啊"。我一脸苦笑。领了课本，已经是第一节课下课休息的时候。一个个熟悉的面孔看到我后像是发现了新人陆一样，"你这几天没来我还以为你转学了呢"。照理说我当时应该是筋疲力尽，但是我还是决定接着上第二节的法语课。一天下来，我回到宿舍后倒头就睡。这就是我在康科德学院第二个年头"旗开得胜"般的开始。

还有一次由于从纽约到波士顿的航班晚点近三个小时（谁说只有中国的航班才晚点！），我和几个同机的同学晚到十分钟，错过了学校的大巴。我们既气愤又无奈地给值班老师打了电话，得到的回答是只能打的士或坐几个小时后的火车。一想到每人拎着至少一个大箱子还要挤下一班不知道什么时候的火车，我们二话不说直奔打的士的地方。虽然在美国叫的士是一件比较奢侈的事情，但这也是没有办法的办法了。我们一行五个人把面包车装的不剩下半点空间，四十分钟后终于到了康科德学院。五个同学的车费一共是九十多美金。

在经历过这些"磨难"后，我有了更多的毅力和勇气。还有什么事情能难倒我呢？

7.3 体检

每年暑假我都要参加一次例行的体检。因为没有这个健康表格，学校不允许我报到。健康表格也不是很繁琐，前前后后就六页，但是上面的很多单词对我来说还是比较少见的。第一页是一些常用的信息，保险资料、紧急联系人资料、有无过敏史等；第二页是学生的患病史，大大小小一共有六十多项；第三页就是一张简单的体检表；第四页是接种疫苗的记录，我这才发现从小到大需要注射的疫苗还真不少。为了填写这页纸，我专门翻出来了多年尘封的接种记录；第五页是用药声明，其实这对我来说没有什么意义。有些学生会服用一些特殊的药品，并把它们寄存在学校的医务室；最后一页是预定一些紧急备用药品的单子，例如过敏缓和剂等，这对于我也没有什么用。

为了体检和填写疫苗表格，我专程去了深圳口岸医院，做了出国人员的全方位检查。在跑前跑后，进了一个化验室又一个化验室后，我终于做完了整个体检。

7.4 健康保险

马萨诸塞州规定每一个人必须购买健康保险。在美国，如果没有保险的话，就无法报销，看病是十分昂贵的。平日我如果有些小病的话可以去康科德学院的医务室解决，但是万一有大病的话就要去医院了。学生可以通过康科德学院购买十个月的保险（保费为$1500）。这个保险可以提供不少保障。在康科德学院这三年，我很幸运，还未使用过健康保险。

7.5 购物

出发前的几个月，学校寄过来一张单子。上面告知了学校将为我提供什么和我自己需要购买哪些东西等。

电脑对我来说是采购清单上的必备品之一。虽然康科德学院有三个电脑室，加起来有三四十台iMac和近二十台PC。这些电脑供学生及教师使用，但是有自己的电脑会方便很多。很多作业都需要打印出来上交，专门跑到电脑室去完成作业还是不太方便。至于是买PC还是Mac，这个永无止境的争论话题，我在此就不回答了，萝卜白菜各有所爱。买电脑的话我推荐在香港或者在美国买，比较便宜且品质较有保障。我有一个朋友曾在其他地方买了一台PC，结果到学校配置的时候发现Win7系统是假的。原来学校的网络安全系统需要验证安全性才可以上网。学校IT部的人帮他花了上百美元重新买了一张正版的安装碟，重装后才可以使用。

根据学校的提示，我还买了床单、被子等全套床上用品。

吃的就不要多带了，最好是别带。为什么不要带吃的呢？一是过美国海关有时会增加不必要的麻烦；二是占空间；三是很多东西在当地的中国城都可以买得到。最重要的是美国海关“憎恶”人们带肉类和蔬果过关的行为，对亚洲来的旅客抽检比较频繁，如果很不幸被检查出来，不仅没收食物，还要重额罚款，而且还会上海关的“黑名单”。

由于我的电脑还有一些其他的电子设备都是在香港购买的，于是我便自然想到了要买转换插头。美国的插头一般是三孔或两孔的，也就是说在国内买的许多电器只要是两孔的都可以带过去直接用。

7.6 打包行李

每个航空公司的行李额度都是不一样的。国泰航空允许每位从香港飞往纽约的旅客托运两件免费行李，每件行李不能超过23公斤（50磅）。这样一共可以免费托运46公斤的行李。我每次在香港机场办登机手续时都请国泰航空的工作人员将我的行李直接托运到波士顿。这样我只需在纽约把行李提出来，过完关后放到过站旅客的行李传输带上，就不用再付美国国内的行李费了。

另外，美国运输安全局（TSA）原则上是不允许旅客把箱子上锁的。如果他们抽查到上了锁的箱子，他们就会强行把锁撬开。我的行李箱是新秀丽（Samsonite）牌子的，新秀丽的箱子不仅好看，而且还耐用。最重要的是这个箱子上的密码锁可以被TSA的人用特制的钥匙打开。其实在我第一次去美国的时候箱子就被抽查了。回来后发现东西被挪过位置而且箱子里面放了一张TSA的检查声明。当时那个新秀丽的箱子虽然上了锁，但是回来后锁还是完好无损的。

7.7 日常的穿着

至今为止我碰见过两类同学：一类同学是把整个衣柜搬到美国，前前后后要装两三箱衣服；另一类同学只带三件T恤和两条裤子，声称到了美国再买既便宜又时尚的衣服。我对这两种极端同学的做法都不是特别支持，毕竟最重要的是在购买衣服之前，应该先了解每个学校不同的“穿衣守则”（Dress Code），以避免带过去一大堆不需要的衣服再背回来；或者花钱买了穿不了几次的衣服。

每一间学校的传统以及文化不同，穿衣守则也不同。有的学校要求学生上课时必须穿着正式的衣服；像康科德学院这类学校对服饰则没有要求。几年前在我第一次来到美国参观学校时，便就如何打领带这个问题被小小地考验了一下。有一些学校是要求学生穿西装打领带上课的。所以在这里我提醒各位男生尽早学会打领带这一“生存技能”。

另外值得一提的是，不像中国的大部分学校要求学生上学必须穿着统一的校服，大多数美国的私校是完全没有“校服”这一概念的。但是许多学生都会在学校的书店或者体育店购买印有学校标志的T恤、运动裤等。

3 第三部分

学习生活

第八章
再见康科德

2010年的九月份，我再次来到了Concord Academy。这里所有的建筑对我来说都是那么熟悉，让我有一种旧地重游的感觉。只不过这一次，我不再是一名参观者，而是以新生的身份来到这里。在经过了几天的交流适应（Orientation）后，我才真正意识到我已经成为这个群体中的一员。我学会把Concord Academy亲切地称为“CA”；我知道在这里学生可以直接称呼老师的名字而不用尊称姓；我发现学生可以把书包、手机等随意留在校园的一角而不必担心被偷走。

来到CA的头几个月让我既兴奋又沮丧。在发现许多趣事的同时，我努力尝试着去融入这个陌生的环境。我记得开学后的第二堂英语课上，我的老师Laura要求所有的学生写一段对前一晚所阅读的文章的看法。老师要求我们阅读荷马史诗奥德赛（Odyssey）的第一章。本来阅读的词汇就很晦涩，再加上内容又是以诗的形式出现，我如读天书一般，什么都没看懂。于是我愣在那里，看着同班的美国同学飞快地写完一段段总结。为了不让自己尴尬，我拿起笔低着头装作在写东西，脑子里却没有一丝灵感。课后我跟Laura说出了自己的难处。为了帮助我理解阅读，我每个星期都会与Laura见一面。两三个月后，我的学习成绩有了很大的进步。课外我参加了所有能参加的活动，交了很多新朋友。我找到了自己在这个集体中的位置。

时隔半年，我又回到了这熟悉的地方

CA与我申请的其他学校都不同。CA这个团体像个大家庭，我用三个词形容她是：集体（Community）、支持（Supportive）、创新（Creative）。

8.1 CA的宗旨（Mission）

如果想要知道CA为什么如此特别，我想理解学校的宗旨（Mission Statement）是必不可少的。

在CA的学生手册上写着学校的宗旨来时刻提醒学生：

Concord Academy engages its students in a community animated by a love of learning, enriched by a diversity of backgrounds and perspectives, and guided by a covenant of common trust.

这段话的意思是：CA的三大宗旨在于鼓励学生“热爱学习、注重多元性及建立互信”。下面是我对学校宗旨的理解。

8.1.1 热爱学习（Love of Learning）

CA鼓励所有学生找到属于自己所热衷的，无论是学术、体育或艺术等方面。学生和老师一起合作，帮助我们挑战思维的高度及创造的广度。在CA学生与老师的关系十分亲近。许多老师不仅是我们的老师，还可能是我们的教练、House Parent或者俱乐部顾问，因此我们之间会建立起了深深的了解与互信。在这种环境下，老师在课堂上用激情启发、鼓励我们，帮助我们发掘属于自己的激情及爱好，这可能来自那一堂终生受益的文学课、启发无穷的经济课或是改变志向的油画课。老师在课堂上教的其实不仅仅是书本上的内容，还有对这门学科的专注及热情。这无时无刻不感染着我们，让我们从内心喜欢学习的内容。比如说，我本是抱着玩的目的了上了摄影课，但没想到在老师的鼓励与教导下，我逐渐对这一门艺术产生了兴趣。从Freshman Year开始，我不知道一共在摄影工作室（Photo Studio）里泡了多少个日夜，只为了冲洗出心爱的照片……

8.1.2 多元性（Diversity）

在CA的每个人都有不同的背景、文化、身份和对事物的看法。这一点体现在每个人都有一门拿手的绝活——天生的音乐家、编程天才或者是笔功一流的作家等。“多元性”还体现在学生不同的背景及对事物的看法。CA鼓励我们发展自己擅长的能力，所以360多名学生一定可以在70多个俱乐部中找到自己所喜欢的东西。我们每个人都有自己特别的故事。学校促进学生的多样性和包容心，并鼓励我们互相交流和包容理解。这一点犹如美国社会的多样性，像一只大熔炉，人人都有自己特殊的地方。

对于我和许多土生土长的中国人来说，能理解“多元性”是一个不小的转变。我身边的同学，每人都有令人羡慕的特长，值得发现的故事。许多学校的网站上都有很直观的数字，比如说国际学生的比例。这在我看来数字是不能体现多元性的。每一个人都有多重身份，这一点是无法从数字上反应的。

8.1.3 互信（Common Trust）

CA培养学生在这个大集体里的互信，这一点是我所参观过的学校中少有的。学生与学生之间的互信在来到学校的第一天就形成了。我们可以把书包、手机等贵重物品随意放在学校的任何一个角落，而不必担心被拿走。所以在CA很少看得见锁。“互信”这一点还可以表现在学生和老师之间。老师信任学生的所作所为都是对自己教育负责的，我们也懂得善用这难得的自由。学生在平日没有课的时候可以随意进出学校，可以跟朋友去小镇上的星巴克享受咖啡等等。当然，CA对为人正直这点非常看重，如果有学生撒谎的话有可能会被开除学校。

8.2 Chapel

平日的每天早晨，全体CA师生都要聚集在一块开始新的一天。星期一和星期四的早上8点25分，大家都会准时来到Chapel，一起开始例行的公告（Announcement）。学生和老师会轮流走上台告知这周有什么活动或者重要的通告，例如俱乐部的活动或周末娱乐活动安排等。星期二、星期三和星期五则是例行的Chapel。CA这个大集体中的成员会聚集在Chapel里，听一位应届毕业生（Senior）的演讲。在十五分钟内，这个Senior会在全校师生面前讲述自己事先写好的话题。许多Senior都会讲述他们在CA的趣闻趣事、自己的爱好及激情，或者对他们人生影响最大的一件事，但总有些Senior能别出心裁地写出与众不同的Chapel。

通过Chapel，我认识了许多Senior特别的一面。由于Chapel是CA特殊的传统，我单纯的文字也许不够描述Chapel的力量。我想只有来CA亲自聆听上百篇Chapel之后才能理解她的意义吧。

背景中那栋古典的白房子便是CA的Chapel

8.3 美

我来到CA的第一感觉便是学校有一个美丽多姿的校园。CA的校园四季都有不同的美景，以至于我从来没有觉得学校的哪一个角落没有经过精心装扮。或许我用文字和照片描述CA的美会显得太平淡，所以我强烈建议大家有机会的话能来CA参观，欣赏这美景。

我最喜欢春天时的校园。CA在花束和嫩草的陪伴下显得十分美丽。五颜六色的花束不仅给校园填满了诗意，空气中还弥漫着泥土的芳香。

8.4 CA和Concord

CA最大的特点是学校和Concord这个历史名镇紧紧结合在一起，共享许多便利的资源。学校的正对面便是Concord镇上典雅的图书馆。图书馆不仅藏书万卷，还是许多CA学生平日学习的好地方。沿着Main Street走下去，有奶酪店、玩具店、邮局等。学校离镇中（Downtown）走路只要几分钟，去镇上的餐馆、便利店、超市都十分方便。来往波士顿的火车站也就在学校附近，为我们外出提供了便利。

春天的“CA”校园

从图书馆的
窗户望下去
CA的一景

第九章
学习体系及评价体系

9.1 CA的学习体系

CA的学习体系跟许多大学一样是学分制的。如果是九年级在CA入学的学生必须修满112个学分才能毕业。每一门学科都有最低要求，学生要修够学分才能毕业。学校的课程分主、副课。一个学期里一门主课（major courses）有3个学分；一门副课（minor courses）则根据上课次数的不同，每学期有0.5到2个学分；每学年有1至5个学分。一门主课一周上三次，其中有两节80分钟和一节40分钟的课。

CA把一年分成两个学期：9月初到12月底为秋季（fall season），1月初到5月底为春季（spring season）。其中每个学期最少要修14个学分，最多可修20个学分。我一般会选择“5+1”或者“5+2”的模式。其中“5”代表着主课，也就是说英语、数学、外语、科学和历史。“1”和“2”代表着副课，比如编程或摄影。这样算下来一个学期有18个学分左右，比较适中。以下是学生必须完成的学分：

1. 英文（English）：八个学期修满24个学分。

2. 历史（History）：五个学期修满15个学分。

3. 外语（Modern and Classical Languages）：修满18个学分。需要完成任何一门语言的第三等级。

4. 科学（Science）：最少修满12个学分。

5. 数学（Mathematics）：修满18个学分；或者学完几何（Geometry）课并完成一门代数2（Algebra 2）以上的课程。

6. 电脑科学（Computer Studies）：至少通过Creative Computing这门基础课。

7. 视觉艺术和表演艺术：视觉艺术（Visual Arts）如摄影、油画等；表演艺术（Performing Arts）如舞蹈、吉他等。两门学科加起来一共需要修满10个学分，而且每一门学科不得少于2个学分。

8. 体育（Athletics）：9年级和10年级需要参加春、秋、冬三个季节的运动；11年级和12年级需要参加其中两个季节的运动。

9.2 选课

学生要在每个新学年开始前选好课，开学时就能领到自己的课表。中国的高中学生有固定的教室，老师去不同的班级上课。CA的学生是根据自己的课表到不同的教室上课。CA自然而然地没有固定班级概念，因为在CA几乎没有两个学生的课表是相同的。

CA在让学生完成一些基础课的前提下，给了学生足够的自由来选择自己喜欢并偏重的课程。每年的五月对我来说是一年中最忙碌的时候，因为有大大小小的事情要处理，其中就包括“选课”这件非常重要的事了。CA在计算机、英文、数学、外语、科学、历史、视觉艺术、表演艺术等八门主课中提供了230门课程供学生选择。学生根据自己的喜好，在课程编目中选出次年有意向参加的课程。

如果想了解所有CA提供的课程，请到如下的网址访问CA最新的课程目录（Catalogue）：

http://www.concordacademy.org/academics/index.aspx

Freshman和Sophomore的课程表都比较固定。许多学生都会选择5门主科+1门副课。大多数Freshman都会上九年级英语课（Freshman English），生物（Biology），欧洲早期历史（Early-Modern Europe）及一门历史选修课，一门外语选修课（法语、西班牙语、德语、拉丁文或中文），适合的数学课和一门艺术课或电脑课。

许多Sophomore则会选择十年级英语课（Sophomore English）、化学（Chemistry）、美国历史1和2（US History 1&2）、外语课、数学课及一门艺术课或电脑课。

9.3 侧重分

在选课的时候，侧重分（Preference Points）是很有趣的一个环节。这个侧重分是干嘛用的呢？CA的有些课程很火爆，学生选了课但不一定能被安排上这一门课。如果一门课很火爆，但是学校安排的学位没有那么多的话这个侧重分就起到作用了。侧重分可以放在“英语、历史、艺术和电脑”课上。这个时候看谁放的侧重分多，谁就有机会得到这门课的学位。如果有几个学生打了同样的侧重分的话，年级较高的学生会优先。如果这时候还没“分出胜负”的话，就要“听‘排课老师’由命了”。有时候放侧重分就是一种赌博。放对了地方、放对了分数就能拿到心仪的课；放少了不仅课程拿不到，所放的侧重分也随之打水漂了。

由于九年级（Freshman）和十年级（Sophomore）学生的英语课和历史课都是必修的，学生使用侧重分的余地不大。Freshman没有侧重分；Sophomore有一个侧重分，一般会放在艺术课或电脑课上。十一年级（Junior）和十二年级（Senior）学生可以自行选择英语课和历史课，学生有必要用好侧重分。Junior一学年有四个侧重分，而Senior作为“老油条”则有六个侧重分。

9.4 我的课程表

我的课程表一眼看上去可能会觉得有点乱，但是了解它怎么运作之后便不得不佩服它的高效和准确性。课表上一共有7个课时，从A到F。每一个课时都由2个80分钟的长课和1个40分钟的短课组成。每天我会根据课表去上课。如果没有课的话，那个时间就是可以自由活动了。

2012年上学期（Sophomore Fall）

	Monday	Tuesday	Wednesday	Thursday	Friday
7:30	起床，洗漱，早餐				
8:25	Announcement（通告）	Chapel	Chapel	Announcement（通告）	Chapel
8:40	A1 Photo 2 摄影2	F1 Chemistry 化学	C2 US History 1 美国历史1	B3 Free 自由时间	E3 Accelerated Pre-Calculus 前微积分（快班）
10:00	课间休息				

续上表

时间					
10:15	B1 Free 自由时间	G1 Sophomore English 英语课	D2 French 2 法语2	A3 Photo 2 摄影2	F3 Chemistry 化学
11:35	C1 US History 1 美国历史1	B2 午餐	F2 午餐	D3 French 2 法语2	G3 午餐
12:05		Free 自由时间	Chemistry 化学	午餐	Sophomore English 英语课
12:20	午餐				
12:50	D1 French 2 法语2	H1 Free 自由时间	E2 Accelerated Pre-Calculus 前微积分（快班）	G2 Creative-Non Fiction 创作写作	C3 US History 1 美国历史1
14:10	E1 Accelerated Pre-Calculus 前微积分（快班）	A2 Free 自由时间	H2 Clubs 俱乐部	H3 Assembly 全校集会	H4 Class Meetings 年级集会
14:55 15:00	回宿舍换衣服，准备接下来的体育活动				
15:15	Free 自由活动	Basketball Practice 篮球训练	Basketball Practice 篮球训练	Basketball Practice 篮球训练	Free 自由活动
17:30	晚餐				
18:00	自由时间——社交，写作业，练吉他等				
19:30	晚自习（周日到周四）				
21:30	自由时间——冲凉、写作业等（周日到周四）				
23:00	熄灯睡觉（周日到周四）				

Junior和Senior选择课程的余地大了很多，可以发挥自己的特长，所以每个人的课表看起来都会差别很大。

2013年下学期（Junior Spring）

	Monday	Tuesday	Wednesday	Thursday	Friday
7:30	起床，洗漱，早餐				
8:25	Announcement（通告）	Chapel	Chapel	Announcement（通告）	Chapel
8:40	A1 Painting 1 油画1	F1 Accelerated Physics 物理（快班）	C2 French 3 法语3	B3 Calculus B 微积分B	E3 Free 自由时间
10:00	课间休息				
10:15	B1 Calculus B 微积分B	G1 Creative-Non Fiction 创作写作	D2 Art History II 艺术历史2	A3 Painting 1 油画1	F3 Accelerated Physics 物理（快班）
11:35	C1 French 3 法语3	B2 Calculus B 微积分B	F2 午餐	D3 午餐	G3 午餐
12:05			Accelerated Physics 物理（快班）	Art History II 艺术历史2	Creative-Non Fiction 创作写作
12:20	午餐	午餐			
12:50	D1 Art History II 艺术历史2	H1 Free 自由时间	E2 Free 自由时间	G2 Creative-Non Fiction 创作写作	C3 French 3 法语3
14:10	E1 Free 自由时间	A2 Free 自由时间	H2 Clubs	H3 Assembly	H4 Class Meetings
14:55 15:00	回宿舍换衣服，准备接下来的体育活动				
15:15	Community Service 社区活动	Sports or Free 体育或自由活动	Sports or Free 体育或自由活动	Community Service 社区活动	Sports or Free 体育或自由活动
17:30	晚餐				

续上表

18:00	自由时间——社交，写作业，练吉他等
19:30	晚自习（周日到周四）
21:30	自由时间——冲凉、写作业等（周日到周四）
23:30	熄灯睡觉（周日到周四）

9.5 评价体系（Comments）

CA对学生每门课的评价采用A、B、C、D、E这五个等级，每个等级中又分为三级，用同一等级字母的加减来区分，如“A+、A、A-”。学生的最终成绩由老师根据学生的“作业、课堂表现、考试成绩和项目（project）”综合计算得出。到了学期末老师会把按上述几项加权平均后给出字母的评分。其中A+（97分以上）是最高等级，A（93分到97分）是下一个等级，这样以此类推。一些进阶课程，例如语言或者数学至少需要C-以上的成绩才能继续下一阶段的学习。D-是及格线。E是不及格。此外学生还可以旁听（audit）或放弃（withdraw）一门课，这门课不算学分。

CA不公开学生成绩的排名，也从不给学生发任何课程的奖项。2010年秋季我的早期欧洲历史课（Early Modern Europe）老师Marco Odiaga给了我这门课B-的成绩，他在综合评价中这样写道：“学校没有正式的奖学金。但我在这里还是要表扬一名学生，这个学期这名学生的成绩报告从众多同学中脱颖而出。他的成绩从最初的64分进步到期中的75分，而期末考试中他考了87分。这么明显的进步在学生中并不常见，而Gary做到了。我希望Gary能看见并记住这学期的努力和成长。它远远超出了成绩评级的本身……”早期欧洲历史课是我在CA第一个学期的学习课程，也是我所上过的最难的课程之一。当时我刚从深圳到美国读书，有一段语言和学习方法的适应过程。老师的评价对我甚至我的家人都是一种莫大的鼓励和慰藉。

在学院每逢期中和期末，每门课的老师都会写一份学生的综合评价报告（comments），报告没有统一的格式。老师将学生的学习内容、课常表现、作业完成情况、考试成绩等写成具体的评价报告。通常期中的报告没有评分，期末的报告有等级评分。这个等级评分最终会折算成学生这个学期的GPA成绩。报告通常上传在学校学生的电子档案里，学生和家长都可以通过账号和密码进到学校系统中查看学生自己的评价报告。

第十章 课堂教学

10.1 历史课

CA要求每一个Freshman学习至少五个学期的历史课。其中包括了必修的早期欧洲历史（Early Modern Europe），美国历史1（US History 1）和美国历史2（US History 2）。Freshman和Sophomore可选的历史课更重视教授基本的技巧，比如怎么理解一篇历史类文章或如何写一篇研究论文（Research paper）。Junior和Senior则可以选择更深、更广、更专一的课程（Upper-level elective）。这些课程可能会给学生更多的自由研究空间。

作为Freshman的我选择了早期欧洲历史（EME）和早期中国历史。Sophomore Year的时候，我跟许多同学一样选择了“美国历史1”和“美国历史2”。当我升到

Junior的时候，我选择的余地大了很多。思考再三后，我决定选择“艺术历史”，学习有关从文艺复兴时期到当代的艺术作品知识。

10.1.1 美国历史

在美国历史这门课中有一个特殊的互动项目叫“口述历史”（Sages And Seekers）。通过各种渠道，学校请来了Concord镇附近的老人作为嘉宾来给学生们讲述他们的人生故事。其中我们这一组中最小的嘉宾有60多岁，最老的有93岁。根据安排，我们每周有一次机会和这些嘉宾见面，一共六次。第一次和第二次的见面主要是帮助我们“物色”对象，找到合适的人选。在和十四位老人简短地交谈完毕后，我对这个项目的兴趣越发浓厚。在他们当中，有会跳芭蕾舞的品酒师；有经历过二战的老兵；也有从英国移民的发明家。我的首选是Helen，她是一位93岁的老太太，第二次世界大战时在华盛顿首府当过电话接线员。接线员这个早已不存在的职业对我来说很陌生，在听了Helen的解释后才知道最早的电话都是需要人工来插线转拨的。在接下来的三次见面中，她从童年讲起，后谈到了她在1930年的大萧条时期被分配到了电话公司工作。在二战时她自愿报名到华盛顿首府当接线员。她回忆说那段艰难的日子是她人生最大的转变。虽然工作条件不好，但是她过得很快乐。二战的时候她身处美国政治中心，得到的是第一手消息。在华盛顿首府，她还见到了一些政界名人，包括罗斯福总统和罗斯福太太等。那一段时间，课堂所讨论的内容正好是罗斯福新政和二战，Helen的故事帮助我深化了对这段历史的认识。我认为这个项目既帮助了我学习历史，又给了老人们向一些年轻的听众来倾诉自己有趣的一生的机会。

康科德镇和邻近的莱克星顿镇（Lexington）是美国独立战争打响之处，为美国历史中的“重镇”。在CA的美国历史1里有一个“local history project”就是专门研究Concord的历史。学校就在小镇的中心，老师便借着这个优势在上课的时候带我们去附近的地方参观、学习历史。学校的左边有两处墓地，里面埋葬的都是康科德历史上有名的人物。借着书的帮助，我摸清了墓碑上多数家族的历史。学校的正对面便是小镇上的图书馆，简称“CPL”。有一次上课，老师提议要带我们去CPL转一转。我以为又是借书写报告之类无聊的任务，但是没想到CPL的负一层竟然“暗藏玄机”！老师和工作人员带我们来到了平日不对公众开放的“特别展品室”。在听完介绍后，我才知道原来这里收藏着康科德镇历史上所有能收集到的历史资料。在这上万份资料中有小到理发师的账本和修路公告；大到选举公告及镇上的重大决策。在跟同学们经过了一个小时有趣的搜寻之后，我找到了一份关于康科德镇在独立战争打响前的几年决定加入一致委员会（Committee of Correspondence），联合抵抗英国政府剥削的计划。这个计划让我感叹："历史原来不是仅仅写在教科书上的，它其实离我真的很近！"

历史课有不少阅读作业。到了美国历史课，每节课二三十页四开纸的阅读对我来说是家常便饭。除了要理解内容，我还要标记出不懂的地方，准备提出问题。有人会问："那么多的作业，能不能不读呢？"。不读的话第二天上课讨论的内容肯定跟不上，早晚要补读的。为了加强对阅读内容的理解，老师有些时候还会要求学生写几句总结的话，或者回答一个综合性的问题。

考试的时候老师主要考察的是我们是否掌握了所学东西的主旨而不是琐碎的细节。有一些时候，历史老师为了让我们展现出最好的学习效果，会在考试时允许我们选择性答题，或灵活地答题，而不是板上钉钉的问题。打个比方，我们可以从三道题中选择两道来回答，而不是全部都要答，又比如有些试卷中有选择题和填空题，但是它们所占的比例并不大。试卷中大部分都是自由回答问题（Free Response Questions）。老师们认为选择题有局限性，会限制学生思维自由发挥。几乎每一个考试都会有长段落回答（Paragraph Response）或论文（Essay）。比如老师可能会问："林肯废除奴隶制有什么影响？请写一篇三个段落的论文，并用具体事例支持你的看法。"一个好的回答必须要有一个清晰、概括性的论点和有条理、明确论述的例子。

10.1.2 艺术历史

在Junior Year下半学期的时候我选修了“艺术历史”这门课。这门课介绍了从前文艺复兴时期到当代的艺术品。本来我就对艺术就有着浓厚的兴趣，再加上这门课又可以学习历史，我毫不犹豫地选了这门课。

上课的时候，Chris会以播放幻灯片及看电影的形式来给我们介绍每一个时期重要的艺术家、他们的作品以及所带来的影响。每堂课后，老师布置我们阅读课本的相关阅读，并记住上课时所讲到的重要艺术品。每隔两三周，我们都会有一个小测。Chris会给我们看十张图片，让我们写出每件艺术品的名字、艺术家及其重要影响。

Chris在讲述日本的雕版印刷是如何影响许多欧洲的印象派画家的

为了能让我们亲身欣赏艺术，Chris组织了两次Field Trip。所谓的“Field Trip”，便是利用课堂时间让学生走出课堂来学习第一手的资料。CA的一些历史及艺术课老师会组织相关的Field Trip。

Chris带领我们来到位于波士顿的全美最大的艺术博物馆之一——Museum of Fine Arts。这次来的主要目的是欣赏美国及欧洲印象派画家的作品。当然，我们此行并不是走马观花，Chris给我们布置了一项任务：选择一幅感触最大的艺术品，仔细观摩研究后写一篇三段式论文。来到MFA后，Chris带我们大致地参观了两个展览馆后，让我们自由参观。在MFA，我认出了许多书本上的名画。大师们的真作是任何电子照片都无法比拟的。能站在梵高、莫奈等世界级大师的作品一尺之遥，细细欣赏他们的一笔一画，真是让我激动万分。我最终选择了德加（Degas）的“Degas’ Father Listening to Lorenzo Pagas”作为我的作业主题。我被Degas对色彩及色调处理的天赋而惊讶。他的笔画入神般地把两个人陶醉的神情展现了出来。

10.2 英语课

英语课，也许我应该称之为中国学生中文中的“语文”课。Freshman和Sophomore都要必修。Junior和

Senior可以选择喜欢上的课程。

10.2.1 没有统一的“课本”

有中国的同学曾问起我的英语“课本”是什么样的？我想在他的心中，“课本”已经被定义成那一本全国统一编写的课文集了吧。在CA，我的“课本”是由各种原著小说、诗歌、戏剧和短故事组成的。在CA前两年的英语课中，我真正感受到了文学的熏陶——莎士比亚的戏剧《麦克白》（Macbeth）、荷马史诗《奥德赛》（Odyssey）、美国诗人福斯特的诗歌和霍桑所著的小说《红字》（The Scarlet Letter）等。我最喜欢的作品当属印度裔女作家Jhumpa Lahiri所著的短故事集《Interpreter of Maladies》。她用清新而细腻的笔调把故事中的人物和情节刻画得很到位，读起来是一种纯粹的享受。以前我从没有对英文书这么热爱过，甚至有些时候看了还会头大，但对这本书我是迫不及待地看完一个又一个故事的。

10.2.2 写作课（Creative Non-Fiction）

Junior和Senior可以从十几门的文学或写作课选择所喜欢的课程。CA的英语部门提供了许多十分有趣的课程如《圣经》、莎士比亚的戏剧、伦敦文学等。

为了提高我的写作能力，我决定选“Creative Non-Fiction”这门专攻日常写作的课。第一堂课，我的老师便跟我们说：“练好文笔的办法便是多写，哪怕写得再烂。”为了练习，我们每一天来到课堂都要带一个有趣的生词及一篇对一个指定主题的速写。

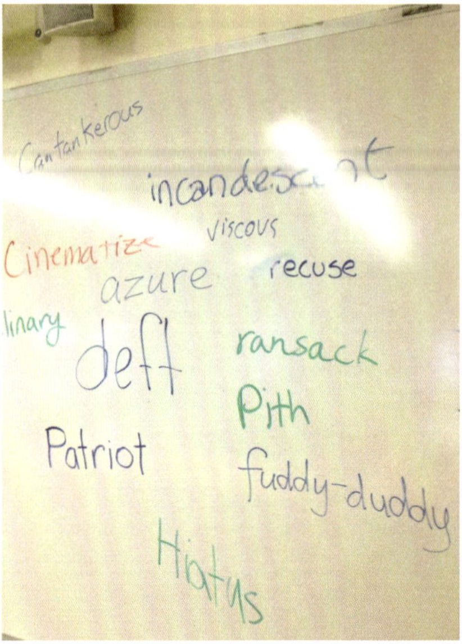

有趣的生词

每一堂课，我们每个学生都要带来一个新词跟大家分享，并解释它的含义。老师说，写作的根本是词汇，而扩大词汇量的办法便是积累。

为了培养我们在写作中对人物对话的描写，老师给我们布置了一个特殊的任务——老师给了我们每人两美金，让我们去Concord镇上的咖啡馆，偷听旁边的人讲话，并把有趣的句子记下来。

我带着我的两美金在镇上的咖啡馆坐下，偷听旁边一桌的人聊家常

10.3 经济课（Advanced Economics）

也许是从小受爸爸妈妈的影响吧，我对经济及金融有着很大的兴趣。Junior Fall的时候，我很幸运地上了“Advanced Economics”这门课。这门课历来都十分火爆，年年都是被Senior报满了。但是今年由于有几个Senior的课表排不下这门课，才有了空位。我成了这堂课有史以来的第一个Junior。

10.3.1 交易产生价值

有一堂课，我的经济课老师Mark带着一个大袋子走进教室。在我们的好奇心之下，他一言不发地伸手从里面抓了一个东西，并随便丢给了一个同学。原来是一小包薯片！我十分不解：上课为什么要发食物呢？Mark看着一脸迷惑的我们，又从他神奇的袋子里拿东西继续派发。坐在我左边的同学接到了一个法式曲奇，右边的同学拿到了一条巧克力棒。Mark竟然丢给我一个苹果，并一脸坏笑地说："Sorry, that's what I got for you"。在每个人手里都有一样东西之后，Mark发话了："现在你们每个人拿出一张纸，写上你认为你手中的东西值多少钱。自己写自己的，不许跟别人交流。"我对手中的青苹果比较无奈，觉得它只值十美分。我看了看，运气比较好的同学拿到了贩卖机里面最抢手的零食，要花$1.50左右才买得到；其他的人则拿到了糖果或者饼干；而我和其他两个不幸的同学拿到的则是Stu-fac里面随便拿的水果。大家都写完之后，Mark说你们现在可以用自己的东西跟其他的人交换食物。于是我听到了类似这样的对话"Michael，你愿不愿意用你的Cheetah换我的Dorrito's？""好啊，我比较喜欢吃Dorrito's。"我闲着无聊，于是用我的苹果换了另一个同学的苹果。在大家都换完后，Mark说："现在再把你认为你手中的东西值多少钱写下来。新的数字是不是比原来的高了，或者没有变？虽然教室里的东西没有变，总价值还是那么多，但是这些东西在你们心中的价值却增加了。今天我带着些东西的目的就是想告诉你们交易能使每个人变得更好（Trading makes everyone better off）。”

10.3.2 股票游戏

为了让我们了解股票市场的运作，Mark根据学校足球校队的比赛结果模拟了一个股票游戏。这个游戏的规则是这样的：一开始班上的每一个人有5股“股票”和$100的“现金”。每一堂课学生可以自由买卖股票，而每一股最后根据足球队的战绩计算收益。CA的男子或女子足球队每赢一场比赛，股票最终收益增加$1；每打平一场比赛，收益增加$0.5；输了的话没有收益。股票一开始的定价为每股$15。Mark还笑着说本着希望学校能赢球的原则，不准做空（short-sale），也就是说每个人不可以少于0股股票。我估算每股的最终收益会在$14左右。游戏开始后的一个月内，足球队连赢了四场比赛，股价一度飙升到$17。这时我觉得股价被高估，于是在$16.5的时候我一口气把我的5股股票全卖了。后面几个星期内球队有输有赢，股价也在$14和$16之间徘徊不定。由于我持有的都是现金而股价又在缩水，在倒数第二场比赛的时候我的总收益窜到了第一名！这时候为了赢得这个游戏，我只能卑鄙地希望足球队输掉最后两场比赛以确保我的胜利。由于第二名到第四名持有了很多股票，也就是说如果足球队再多打平或者多赢一场比赛，我会掉到第四名。最后两场比赛男女两只足球队由于对手发挥出色都输掉了。男子足球队的最终战绩为10胜4负1平；女子足球队的战绩为3胜9负2平，最终的股价为$14.5，跟我的初始估值十分接近。我不敢相信我惊险地赢得了这个迷你股票游戏！Mark给了我一张$10的星巴克礼品卡作为我的奖品。在谈到我的“策略”时，我笑着说道：“股票被高估的时候该卖就要卖！股市下跌时还是持有现金最保险。”

我们还在这门课里做了许多个案研究（Case Study）。Mark会先布置相关的阅读，然后给我们发相关的资料（handout），让我们用文字和数字回答问题。在研究房租管制这一话题时，我们讨论到了“政府对房租管制有什么影响？如果设立最低价的话谁将从中获益？”有时候他让我们写一段文章，表达对某一话题的看法。在评分的时候，Mark认为我们的回答没有对错之分，只要能彻底、正确地论证自己的看法便是一篇好文章。我们还讨论了“设立最低工资到底有利有弊？”或“票贩子是好还是坏”等话题。这些讨论让我受益匪浅，帮助我理解了许多经济学知识。

10.4 外语课

10.4.1 法语课

CA开设了“法语、德语、西班牙语、拉丁文和中文”五门第二外语。我在深圳外国语学校读初中的时候跟着美国来的外教Alex断断续续学了一点西班牙语，所以，我在选课的时候偏向于选修西班牙语或法语。我咨询了几个朋友，得到的回答统一是“选修法语”。他们说：“法语讲究美和流畅，是世界上最准确和浪漫的语言。”在他们一番忽悠之下，我便也选择了法语。

法语跟其他语言一样，流利度分为“一、二、三和Advanced”四个等级。CA要求学生至少有一门外语达到第三等级，要不然就不能毕业。我在法语方面没有基础，所以第一学年选的是“法语1”。

“法语1”教学围绕着“听、说、读、写”四个最基本的方面展开。我的法语课本——“Chez Nous”可谓是图文并茂，它把“词汇、语法、口语、听力和文化”这几个方面都囊括了。另外“Chez Nous”还专门设有一个网站来练习听力。每次上课时我的老师Laura都会跟每一个学生对话来热身，话题的内容紧扣单元主题。在每一个单元学完后，都会有一次考试和一个大型项目。

每周老师会带我们去一次language Lab。这个Lab的用途就是为了加强学生的听力和口语能力。在这个教室里有三十多台带麦克风耳机的Mac。电脑上有一个语音软件叫“Dill”，它既可以录音也可以对话。每次来到这个教室，老师会给我一个题目，例如“你和你的朋友要去巴黎旅游，你们商量商量要带什么东西”。老师会用Dill随机分组，然后各小组成员之间展开对话。老师会“偷听”学生的对话，然后给一些建议。课下我还要在Dill上面录制一些口语作业，例如“用三分钟描述一下你这周末准备干吗”等等。录音时有时候一紧张就不知道自己的舌头跑到哪里去了，于是遇到这种情况，我会再录一遍最终提交作业。

除了学习法语这门语言，老师还会介绍法国的文化。文化里面必不可少的一环就是“食文化”！记得学习法语1时，在学完关于“食物”的单元后，老师布置了一项任务——和他人合作，烹饪一种有法国特色的食物。在分完组后，我和组员们想到了做“Mousse au Chocolat”——即“巧克力慕斯”这一甜点。我们第一天的任务便是到网上找法语的菜谱（receipt），然后打印下来仔细研究。第二天上课时，老师给了我们20分钟讨论制作流程和角色分工。我们组的四个人都是寄宿生，所以把制作甜点的时间安排在周末。其中一位伙伴提前购买了烹饪材料：黑巧克力、鸡蛋、黄油、糖、盐和香草油。周日中午我们按照菜谱上的要求做甜点。做完后，老师还要求我用法语把烹饪食物的过程写下来。第二周上课时大家如期把做好的食物拿到法语课上，开了一个小小的party。有同学带来了Croque Monsieur（法式土司），还有人拿来了Crêpe（法式薄饼）。这样的法语课可以用一句话总结："吃得不错，学得开心"。

到了"法语2"的时候，老师对我们的要求严厉了很多。尤其是上课时非特殊情况下不能说英语。语法的难度也相应提升，考试和临堂小测多了不少。在法语中动词的每个时态都有不同的词形变化（Conjugation），比中文麻烦多了。第二年老师介绍了好几种不同的时态，我经常一不小心就把他们弄混。

在"法语2"的下半学期，老师花了几个星期带着我们看法语原版电影"Les Choristes"（《放牛班的春天》）。这部很有教育意义的电影名气的确不小，我读初中时的音乐老师为了提起学生对音乐的兴趣就播放过它。那几堂音乐课，音乐教室里座无虚席。我对这部电影的情节都很了解，所以这一次看纯属为了提高法语能力。第一次看没有字幕的法语电影，我只能勉强抓住对话中的几个词，根据记忆拼凑出大概。为了让我们更好地学习电影中的语言，老师给我们配发了电影中的对白，让我们自己阅读学习。每看完一个章节，老师就会给我一张词汇表和一些问题。这样每次上课前老师会展开讨论，让每个人都说一说上一次看的章节里提到了什么。

在康科德镇上有一家咖啡店叫“La Provence”，店里面都是法式的食品与饮料，这里也曾是我们的课堂。有一次上课的时候，我的法语老师Sarah请大家去店里面喝热巧克力。我们坐下来后开始讨论课下所读的法语小故事“小尼古拉”（Le Petit Nicolas），一个班十三个人围成一个圈轮流分享自己的看法，一节课就在这样的讨论中过去了。Sarah有些时候为了奖励我们还会给我们从“甜甜圈店”（Dunkin’ Donuts）带吃的。

我感到自己学习的法语知识都很实用。在经过了口语和听力方面的训练之后，法语对我来说不再是“哑巴”语言。看电视的时候，我也能根据几个关键词拼凑出大概的内容。

10.4.2 关于中文课

有很多人半认真半开玩笑地问我：“为什么不选中文当第二外语？”虽然上中文课的多半是美国人，但也有已经有中文基础的亚裔同学。有时候听朋友抱怨说中文很难，光声调都分不清。其实CA在1970年就开设过中文课程，是当时美国最早教授中文的学校之一。但是，后来这门课消失了，直到2010年的时候中文课重新“回归”到CA的课堂上了。

10.5 科学——化学课

CA的科学课是互动、有趣的。老师鼓励学生在探索中找到答案，而不是对书本内容死记硬背。

我在Sophomore Year的时候选修了化学课。这门课给我留下了很好的回忆，因为上课的时候总是很有趣。老师常常会从仪器室里拿出道具，把我们叫到一起，如变魔术一般给我们表演化学实验。这些实验虽然比较常见，但还是能激起我们的兴趣，比如把A加到B里面会产生变色反应等等。有一次老师为了给我们展示粉末可以造成巨大的爆炸，制造出了一个冲天的大火球，这让我既惊吓不已又拍手叫好。老师还经常给我们布置Lab，也就是让我们亲手做实验。通过做实验，我们总会学到一些知识，还能将学到的东西写一篇Lab Report。

在化学课上老师会让我们做不少的运算，只要掌握了这个知识点，就可以很快地解出题目来。平时小测的题目其实就是课堂上做过的题目，只不过换了数据和问的内容。打个比方吧，两个问题乍看起来是一样的，但是如果平时死记硬背答案，不理解能量和比热关系的话是做不出来的。

“把125克的银从25.00摄氏度加热到32.14摄氏度需要628J(焦耳)的能量，请问银的比热(specific heat)是多少？”。“银的比热（specific heat）是0.618cal/

（g·℃），那么把125克的银从25.00摄氏度加热到32.14摄氏度需要多少能量？”类似这种换汤不换药的题目，只要掌握了知识点就能套用公式解答出来。

虽然化学里面有很多公式，但是我们是不用背公式的。因为在考试的时候老师会提供相关的数字和公式。期末考试的时候老师允许学生带一张三英尺乘二英尺的卡片，在一面上可以记下有用的信息。上面的内容和格式不限，学生想写多少都可以。我每次抱着写多写少都是占那么多地方，还不如把一学期的笔记都浓缩在一张不起眼的卡片上的想法，把卡片记得密密麻麻，但在考试时真正能用到的几乎没有。就像之前提到过的，把主旨和原理弄明白之后，只要计算不出错就万事顺利了。既然老师提供了公式，我平时把知识点都掌握了，那么这张“小抄”其实就只是个心理安慰罢了。我想我的老师Zhe所鼓励我们具备的并非是死记硬背的态度，而是灵活应用知识的能力吧。

Zhe在我最后一堂化学课上说的一番话让我感触颇深。他认为“学习的本质不是分数而是实际应用”。他一直把分数看得很轻。学完化学课之后，他期望我们所能留下的不是多少化学知识，而是一种会质疑、会思考的能力。“世界上没有唯一的答案，特例（exception）总是存在的。”

10.6 视觉艺术——摄影课

CA提供的视觉艺术课可谓是五花八门，有油画、绘画、版画、雕塑、建筑、电影、摄影、陶艺(Ceramics)、纤维艺术(Fiber Arts)等十几门课程。有一些课程（如绘画）的深度和广度是无法在一个学期内学完的，于是又被分了三四个等级。CA鼓励学生创造艺术，所以有人开玩笑地说CA的学生个个都是艺术家。这一点是很少有非艺术类学校能够相比的。在美国有些学校也会为了学术而把艺术课列为“课外活动”，放在了学习体系之外。

10.6.1 Photography 1

我本是抱着试试看的心态选了摄影1（Photography 1）这门课作为我的视觉艺术课。没想到后来摄影竟成为了我从此难以放下的爱好。虽然以前对相机有一些认识，但没有系统地学习过摄影，会的其实也不过是“按快门”罢了。

摄影不用去创作美，而是去发现和欣赏世间存在的美景美物。摄影不像陶艺，需要把一团没有形状的泥巴捏成一个有形有色的作品；它也不像绘画，需要在一张白纸上画出东西来。摄影所需要的就是在特别的视角中发现美，并把这一瞬间永久保存在底片上，供人欣赏。

我特别喜欢听到“咔”的一声，按下快门那一瞬间的感觉。当一名小小的摄影家是我的梦想。

在报“Photography 1”之前我没有任何基础。我对摄影的认知，便是偶尔抓起家里的单反相机乱按一通快门。在我临开学前，家里人执意要把新买的单反相机给我带上。第一堂摄影课，我就体会到了什么叫“竹篮打水一场空”，原来摄影课用的是胶片机，而且还是黑白的！摄影课老师Cynthia小心翼翼地从器材室搬出来十几台尼康FM10相机发给我们。面对手边的两台相机，我也只好忍痛割爱把单反相机先放一放了。

在拿到胶卷相机之后，Cythia告诉我们如何使用相机，并让我们欣赏了许多经典照片。在接下来的几个星期里，我学会了如何冲洗黑白胶卷及在暗房操作；我知道了从构图用光到如何用放大机冲洗黑白照片的方法。虽然有许多失败的经历，但是探索的过程给我带来了许多乐趣。当我从自己的卷底片中成功地冲洗出来第一张黑白照片时，我知道我已经迷上了摄影这门艺术。我数不清在那几个月里花了多长时间冲洗照片。虽然现在看来，我的第一张照片显得粗糙与幼稚，但是我很高兴这几年自己在摄影上的长进。

10.6.2 Color Photography

2012年的时候CA新开设了彩色摄影（Color Photography）这一课程。已经有了两年暗房经验的我毫不犹豫地报了这门课。我们先从彩色胶卷相机开始接触彩色摄影，然后转入数码相机。由于其他的摄影课程都是使用黑白胶卷，而这门课的重点是研究色彩及数码照片在摄影中的魅力。在欣赏及探讨了许多当代摄影大师如Steve McCurry的作品后，我们从彩色胶卷入手开始了对色彩的探索。老师对每一个彩色胶卷都有特别的要求，包括让我们探索对比色彩间的关系、研究单色调的魅力等。接下来，老师教我们使用“Lightroom”这一款十分强大的图片处理软件。由于我已经有在CA官方报纸Centipede以及Yearbook（学校年刊）处理图片的经验，学习Lightroom对我来说是易如反掌。

所学为所用！2012年的暑假我任“深圳游子交流团”摄影队负责人，用所学的知识拍摄了近600张照片，记录了“游子行”在甘肃支教的所见所闻。另外我还将做为2014年度学校年刊（yearbook）的摄影主编，用镜头记录CA这个年度的精彩印象。下面就是我的一些摄影作品。

TD Garden，2012

摄于波士顿凯尔特人队主场的TD Garden外面。在一场激励的篮球比赛结束后，人们走出场外，探讨着比赛，纷纷离去。这里我用剪影的效果，显现了每一个人不同的神态与动作。

Stairway to Heaven, 2012

摄于位于麻省美丽的海滩Crane Beach。阳光洒在金黄色的阶梯上，与天空蓝形成了鲜明的对比。我不禁好奇道：“如此美丽的阶梯，她来自何方，又引去何处？”

Wild Red, 2012

摄于Harvard Square的韩式烧烤店Bon Chon。在等待我的韩国料理时，餐厅里的装饰抓住了我的眼球。红！火一般的颜色，通过我的镜框给我带来泡菜般的辛辣。图中的几何图形又是如此地引人入胜——一扇神秘的玻璃；两个人在用餐；三盏橘红色的灯；四个整齐摆放的白盘子。

Ice Cream Cone, 2012

令人垂涎三尺的雪糕，跟皮肤的暖色相称。而正是这暖色，与鲜明的蓝色产生了巨大的反差。构图上背景中的人物可见却十分神秘，不禁让人好奇：她到底是谁？

10.7 表演艺术——吉他课

CA提供的表演艺术包括了舞蹈（Dance）、戏剧（Theater）及音乐（Music）。每一个CA新生都要修够两个学分。学校也为每个学生提供了充分的机会来展示自己，如话剧表演及管弦乐队演奏等。

Sophomore Year的上半学期我选择了“基础吉他”这门课。我的班上只有五个人，都是跟我一样从来没有接触过吉他的同学。为了这门课，我还专门通过老师购买了一把二手的吉他。我抱着试试看的态度去上课的，但没想到我越弹越喜欢吉他课。我的老师Diana先从简单的和弦教起，并结合了基础的音乐理论。每天放学后，我都会拿起吉他在房间里练习。在自娱自乐的过程中，我把练习当做放松自我的方式。每天勤快地练习很快收到了效果，我的吉他水平突飞猛进。在学习这门乐器的过程中，我发现自己的进步越来越快。Diana在我的期末评语中写道“Gary这半个学期的进步飞快，水平甚至超过我以前的许多学生，我为他感到十分高兴。”

我对吉他的兴趣越来越浓，为了提高水平，我找老师上了“一对一”的音乐课（Individual Music Instruction），这门课算一个学分。“一对一”的音乐课是不包含在学费里的，我需要另外付费。IMI的好处在于可以得到老师更多贴身指导，并学习我想学的东西。我在表达了喜欢指弹这一风格后，Diana为我专门设置了课程。每周我都会跟Diana见一次面，学习一个小时的吉他。

10.8 电脑课

10.8.1 Creative Computing

Creative Computing是一门必修课，目的就是帮助学生更加熟练地使用电脑并学习高效率地办公。虽然我通过了老师之前发过来的“流利度”测试，可以免上这门课，但我还是被Creative Computing课表上丰富的内容吸引——电脑快捷键的使用、Excel和Word技巧、如何制作好的幻灯片（Powerpoint）、Photoshop入门、Garageband制作、初级网页设计和微编程入门，以上的每一个单元都是我感兴趣的，因为之前了解不深，我决定上这门课。

在这门课里，我不仅学会了Word和Excel等学习上常用软件的操作技巧，还对其他软件有了初步的了解。我了解了图像处理软件Photoshop、基础编程软件Scratch及音乐创作软件Garageband等的基础操作。

10.8.2 编程课

我在十年级的时候还修过一门手机编程课（Smart Phone Programming）。当时的我对编程可是一点儿基础都没有，看着身边的一些同学早已接触编程，我决心试试看。上课后老师发现这个班上学生的水平参差不齐，有一半跟我一样是零基础的；另一半是有编程经验的。

编程这个东西是互通的，只要掌握了一门编程语言，再学习另外一门语言时会容易很多。我曾听别人说一开始学编程的时候会什么都听不懂，经过了一段时间的痛苦探索后，一个苹果会从天上掉下来把你砸开窍。老师带着我们先从基础的Java语言学起。看着那些高手们飞速进步，嘴上讲着一些我完全不懂的火星文时我只能是原地踏步，我开始思考为什么自己的代码总是不对。

在看完一段时间的在线视频教学后，我对Android的编程略有了解。这个时候老师要我们开始做一个最终的Project。我和同学合作，终于写出了自己的代码。

第十一章
课外学习

11.1 Advisor：一对一的学习顾问

美国许多学校都给学生分配了一个学习顾问（Advisor），常常是学校里的老师。CA跟大多数学校不同的地方是学生与Advisor见面时是一对一的，而不是学生跟Advisor以群组的方式见面。每一个学生来到CA的时候都会被分配一个Advisor。这位老师将于接下来的一年中给你建议，帮你解决各种问题。如果学生觉得这个老师不合适的话，可以申请调换。

我现在的Advsior是教过我数学及经济课的Mark。我与他约定每周二的早餐见一次面，大概聊半个小时。一开始我们经常聊一些比较平常的话题，比如说学术上有什么收获或困难；这周末做了什么等。每次聊到最后总是会聊到最新一期《New Yorker》上面引人入胜的文章或是最近股票市场又有什么变动。有时候我还会请教他数学上的一些问题。Mark曾经在华尔街做过股票投资，而我对金融又很感兴趣，有时候我会向他讨教一些投资上的经验。我们都了解对方，并有很多的信任，所以我有什么困难可以放开了跟他说。作为我的Advisor，Mark对我十分了解并时不时地给我学业和生活上的建议。

11.2 俱乐部

俱乐部是课外活动中非常重要的一环。CA一共有七八十个俱乐部，几乎每个学生都能找到自己感兴趣的俱乐部。俱乐部的内容五花八门，有关于烹饪的、数学的、辩论的、政治的等等。如果CA没有你感兴趣的俱乐部，学校非常欢迎你创建属于你的俱乐部。许多俱乐部每周都有会议，讨论相关的议题。有些俱乐部为了筹款，还在学校里卖Pizza。

我对经济及投资很感兴趣，从十一年级开始担任学校投资俱乐部（Investment Club）主席这一职务。每隔几个星期，我会召集俱乐部里的同学谈谈各自对市场有什么看法。每一名俱乐部的成员在网上都有一个$100,000的模拟股票账户，用以投资股票或债券。能用模拟投资对我来说十分有趣。在2013年苹果股价大幅跳水前一个月，我们探讨了为什么苹果的股价被高估。虽然我们没有采取实际的做空活动，但是我还是对我们的判断非常得意。我还参加了社会科学俱乐部（Social Science Club）、亚洲学生俱乐部（Asian Student Association）等。

11.3 Concord Public Library

康科德镇图书馆，简称CPL（Concord Public Library）就在CA的对面，只有一条马路之隔。我觉得CPL不仅只是一个硕大的图书馆，还有博物馆的味道。CPL里典雅的艺术品及装潢的布局给人的感觉十分庄重。我常到这里来学习、借书、借影碟。CA为了方便我们，给每个学生办了图书馆卡。

CPL的一景

11.4 体育生活

体育运动的级别大概有三级：Intramural（校内比赛），Junior Varsity（学校预备队）和Varsity（校队）。Intramural Sports的目的是给学生一个机会接触这一项运动，能跟同学和朋友一起玩。他的训练相对少一点，一周两三次，并且比较轻松。值得注意的是，虽然每个Intramural Sports会有一个监督老师，但是老师并不会训练或指导学生，也就是说这名监督老师不上课。如果有兴趣参加校队的话，学生要参加选拔以证明自己的实力。并不是人人都能进校队的，他们会被放到预备校队。Junior Varsity和Varsity都有教练系统地教导学生。JV和Varsity每周可能只休息两、三天。JV和Varsity除了训练以外，每周三和周五会和附近其他私立学校同水平的球队来竞技比拼。有些时候校队还会在周六出去打比赛。以上三个等级的体育运动我都有参加：校内比赛——壁球；学校预备队——篮球；校队——高尔夫。

CA所在的体育联盟（Eastern Independent League）包括了十二所学校：Bancroft School, Beaver Country Day School, Berwick Academy, Chapel Hill—Chauncy Hall School, Concord Academy, Dana Hall School, Landmark School, Lexington Christian

Academy, Newton Country Day School, Pingree School, Portsmouth Abbey School, The Winsor School。当然有些时候CA也会跟一些非EIL（体育联盟）的学校比如说Middlesex School和St. Mark's School来竞赛。

Freshman和Sophomore必须参加秋天、冬天和春天三个季节的体育运动。Junior和Senior则被给予了更多的自由空间——他们可以选择至少两个季节的体育运动。

1. 秋季运动：

女子越野，男子越野，女子曲棍球，高尔夫，女子足球，男子足球，女子排球，男子校内足球，校内网球，球队领队。或者健身，跑步，初级壁球，有监督的健身，体育部门助理，社区服务。

2. 冬季运动：

女子高山滑雪，男子高山滑雪，女子篮球，男子篮球，女子壁球，男子壁球，男子摔跤，男子校内篮球，球队领队。或者跑步，健身，体育部门助理，社区服务。

3. 春季运动：

男子棒球，女子长曲棍球，男子长曲棍球，航海，女子垒球，女子网球，男子网球，田径，飞碟，校内壁球，球队领队。或者健身，跑步，体育部门助理，社区服务。

学生还可以选择舞蹈来修体育学分。

上面我把CA提供的运动项目大概翻译了一下，如果没有注明性别的话就是男女混队。上面的运动当中除了注明是校内运动（Intramural）的都会在校际间进行比赛。在来到CA之前，以上的许多运动我都没有听过或尝试过。来到CA之后我才知道原来我的学校体育课不仅仅只有篮球和足球。

11.4.1 校内壁球

Sophomore Spring的时候我选择了校内壁球（Intramural Squash）。每周二和周四我跟其他十一个同学在CA的四个壁球场里面轮流练球。我曾学习过打网球，所以学习壁球比较容易，毕竟壁球跟网球有许多相通的地方。学院会提供不错的壁球球拍和护目镜，我就不用去附近的体育用品店买了。在课程的初期，我的教练Tariq介绍了壁球的规则和一点点训练技巧。他还会把一些他在校队训练队员的方法告诉我们，以帮助有兴趣参加Varsity或者JV（预备校队）的同学训练。之后他便让我们一对一地自由练习。为了提起大家的兴趣，Tariq还举办了模拟的壁球巡回赛、教练赛。在教练赛中，虽然Tariq身体没有年轻时那么好，但是他丰富的经验和精准的球道给了我不小的挑战。11比5，我最终落败，但从他身上我学到不少东西。壁球课结束后，我觉得这种课是很轻松的，因为打球的过程其实是跟不同人打交道、交朋友的过程。壁球让我又一次体会到了体育活动的乐趣，并经常和同学一起比试、切磋。

11.4.2 参加篮球预备队

体育运动是一天中很重要的一个活动部分。冬天的时候，我每周二、周四下午三点放学后回到宿舍，换上衣服就去体育馆参加JV篮球训练。在总共一个半小时的训练时间里，我的教练Adam会布置战术、纠正每个人的错误和训练一些技巧。指导完毕后，教练会给我们半个小时自由发挥的时间来打比赛。周三和周五，我们会跟其他学校的JV队进行比赛。这些比赛是很正式的，不仅有两个从EIL派来的裁判，还有专门的记分员。有些时候Adam会开车带我们去客场打比赛。我觉得这种篮球比赛很有气氛。主场队服的颜色是CA的标志性颜色——绿色；而客场队服的颜色则以白色配绿色。

在主场比赛的时候，有时候许多粉丝会来加油呐喊，气氛很活跃。在篮球比赛时，有朋友替我们敲锣打鼓，大喊“Go Green!”是十分振奋的一件事，他们鼓励我们在球场上拼搏。当然在没有比赛的时候我也常常去CA的主场，帮运动员们鼓掌呐喊。能目睹自己学校球队获得胜利，真的让我很自豪!

11.4.3 参加高尔夫校队

十一年级（Junior Year）时我捡起了高尔夫球杆，开始了我在CA高尔夫校队的时光。我从2012年夏天练球没几个月，没什么经验。在经过一周的选拔后，我很幸运地排到了队里的第六名。我们队里面一共有七名球员，比赛时前六名会参加。每周一教练带着我们下场去练习，而周四去练习场，一般周三和周五都与其他学校比赛。我们与其他学校的球队比赛很正式，四个人一组，比“洞赛”，看谁能在打完九个洞后笑到最后。我们比赛的场地一般都是新英格兰地区的顶级球场，景色十分赏心悦目，打球的费用也相对便宜，三个月下来只需$300。

比赛中，我收拾好球杆后前往下一个球洞。CA墨绿色的队服与草坪的颜色镶嵌，让人感觉很舒服。

CA高尔夫的主场，美丽的Nashawtuc Country Club。

4 第四部分

课余生活

第十二章
课　外

12.1 美食

学校提供专车接送学生去附近的餐厅吃饭，而且还帮学生付一部分的餐费？也许在其他的地方，这种想法会让人觉得是白日梦，而在CA这样的事情却时有发生。CA时不时会有一些trip，而且还帮你付$10，目的就是为了吃。其中包括了清一色的亚洲食品的Wagamama、以奶酪蛋糕闻名的Cheesecake Factory、还有早餐食品特供店IHOP。

12.1.1 海鲜自助餐

其中我最喜欢的餐厅当属海鲜自助餐厅Minado。自从Freshman Year，我每次一有机会都会来这家餐馆满足自己的味蕾。虽然午餐有点小贵（$22），但是在CA

赞助的$10下，这顿美食是十分值得。Minado诱人的照烧海鲜、美味可口的日式沙拉已经够诱人的了。但是她真正的精华是几十种各种花式的寿司——有较常见的鱼子、三文鱼和北极贝。鳗鱼手卷和豆腐寿司是我每次来都不会少拿的两样。在把肚子塞得满当当后，我总是忍不住去尝一口抹茶味雪糕。甜得恰到好处的雪糕里夹杂着一丝绿茶的淡雅香气。我常常带着回味无穷的味蕾和一个鼓到不能再鼓的胃，期待着下一次自助餐的到来。

12.1.2 Bon chon

你可别小瞧了这秀色可餐的鸡肉！韩国同学介绍说它的名字叫Bulduck，是一道非常辣的美食。我心想：看起来还没有泡菜可怕呢！于是我试了一小勺。第一口下去：哇！人间美食！我从没有吃过这么好吃的……过了五秒钟以后，我被突然的辛辣感从天堂拽到了地狱。一股火一般的刺痛感麻痹了我的舌头和大脑。冰水丝毫无

法缓解这一把火，我只好等着这种感觉消退。可怕的是Bulduck的美味是十分容易让人上瘾的。于是我在明知道危险的情况下连吃了好几勺来满足我的贪欲。听我的好友Junho说，许多韩国人会专门点Bulduck为了发泄工作上的压力。吃完一整盘Bulduck，舌头早已不能动弹，衣服也差不多被湿透了，压力自然而然地被带走了。

吃完了韩国料理，我提议到Bon Chon对面的珍珠奶茶店再过个瘾！虽然一杯Bubble Tea要$3，有点小贵，但是能品味到正宗的奶茶还是值得的，而且这里香浓的奶茶让我想起了家的味道。

12.2 Stu-fac

CA的餐厅叫Stu-fac。Stu-fac在学生在校期间以自助形式提供早、午及晚餐。早餐是7:00至8:20；午餐是11:35至12:45；晚餐是从5:30至7:00。

早餐是很美式的，十分简单而方便。Stu-fac提供的熟食包括了炸土豆、烤薯饼等，另外还有糕点及水果。我最喜欢的早餐是在烤好的土司或Bagel上涂一层Cream Cheese（奶油干酪）。饮品包括了水、牛奶、咖啡、热可可、果汁及茶。

午餐的时候，我们可以选择自己搭配三明治，或者选择当天厨师做的主食。每天的主食都不一样，比较常吃的主食包括：burger(汉堡包)，taco（墨西哥式玉米卷），pasta and meatball (意粉及肉丸)，grill cheese（烤奶酪）等。学校为了确保我们不吃腻，Stu-fac每天都会变化菜谱。也就是说，我每隔三、四个星期才会吃到同样的主食。如果想自己做三明治的话，你可以用好几种面包、起司和肉类来搭配。如果你想吃蔬菜的话，可以到Salad Bar用好几种生菜及调味汁做一份美味又健康的Salad。每天Stu-fac还会准备两种不同的汤供饮用。饭后Stu-fac还提供了甜点、薯片、水果及冰激凌。

晚餐跟午餐大体相同，都有主食、Salad Bar、汤和甜点等。只不过晚餐的主食和甜点相比起来会精美一点。经常吃的主食包括：牛肉、鸡肉、烤或煎炸鱼、米饭等。

周末的时候Stu-fac会提供比平日午餐更丰盛得多的Brunch，这让爱吃的寄宿生们兴奋不已。Brunch就是所谓的早午餐，从11点到下午1点供应。许多寄宿生在星期六和星期天会一觉睡到11点，洗漱后直奔美味的

Brunch来满足自己的胃。Brunch不仅有平日午餐的食物，还会提供一些美味的食物，如Bacon（培根）或汉堡包等。我喜欢Brunch的另一个原因是我们可以根据自己的喜好点美味的Omelette（煎蛋卷）吃。所谓的Omelette，就是一层煎蛋包裹着培根、番茄、洋葱等。

来到CA的这三年，我想对Stu-fac竖一个大拇指：食物营养、顺口而且花样也不少。

超长的三文治

美国人的蔬菜Salad（沙拉）

天气好的时候，我喜欢在Stu-fac外的露台里吃饭。有晚风吹在脸上，感觉很惬意。

平日的晚餐，面包、沙拉及煎鱼

美味的Cheesecake!

Stu-fac提供了各种水果

除了牛奶果汁及饮品之外，我们还可以自己动手泡茶喝。

由于学校不容许学生在House里生火，CA为了方便住宿生，专门提供了一个地方给我们烹饪食物，学校专门为学生提供了炉子、冰箱及厨房用具等。每隔几个月，我就会和朋友们拿着买回来的食物来小厨房动手煮东西吃。能吃到亲手做的煎饺子、韩式烤肉和汤圆等总是让我有一种家的感觉。

12.3 House

如果有人问我，你们学校有几间宿舍？我的答案是一间都没有。CA有的是六间各具特色的house，而不是冷冰冰的“宿舍”。在康科德镇漫步，若不是细心观察，这六间House跟镇上其他的住宅看上去并无两样。CA为了避免让学生住在外形冰冷的“宿舍楼”，决定保留老房子的外观。CA有大约40%的学生住在“Admadjaja、Bradford、Haines、Hobson、Phelps和Wheeler”这六间house里。其中最小的Bradford House能住15人左右；最大的Haines House能容纳三十多人。每一间House里住的是男生还是女生，有多少人都会根据每年的生源不同而变化。

九年级的时候我住在了Bradford House。由于那年寄宿男生比较少，我和我的室友被分配到了一个三人房。三个人住都绰绰有余的大房间对于我们两个人来说显得格外宽敞。CA的大多数房间都是双人房，当然也有一些三人间和单人间。每一年的四五月份，每一个寄宿生都会收到一张表格，这张表格上可以写下你想与谁成为室友及你希望住到哪一间House里。CA会尽量满足你的要求。所有的Senior还有权选择他们心仪的房间。

在每一个House里面有一个房间叫Common Room。Common Room是House Activity的地方，大家可以聚集在这里看橄榄球比赛等。Common Room也是跟朋友聊天、娱乐的地方。在House里面是不可以做饭的，因为这些房子都是用木材建造的，任何火种都明令禁止。CA对有烹饪需求的学生在SHAC里专门开设了一个小厨房。每一个House都有自己的洗衣房，或跟另一个House共用一间。

12.4 House Parents

在CA的每一间House里面都住着负责照顾和管理学生的老师们，他们被称为“House Parents”。

House Parents的主要工作便是每天早上检查我们的房间及晚上提醒我们熄灯。CA规定学生平日早上八点要离开House。八点钟以后，House Parents会去每一间房检查（Room-inspection）房间是否整洁，床有没有铺好，顺便把还没起床的学生叫醒，并给他们一个fail room-inspection。每周学生如果有超过三个fail room-inspection可是会受罚的。晚上到了熄灯（Lights-out）时间，House Parents会提醒学生到睡觉时间了。Freshman和Sophomore平日的Lights-out是十一点；Junior和Senior由于功课较多，熄灯的时间分别是十一点半和十二点。如果学生晚上作业特别多没写完的话，可以申请Late Night（熬夜），最晚可以熬到十二点。当然这个前提是学生回到House以后必须马上开始学习。

CA所有的House Parents都很友善。每次他们来到我的房间都会主动跟我聊天，问问我这周过得怎么样或者周末有什么打算等。有什么不舒服的地方也可以找House Parents。我与许多House Parents建立了良好的关系。

12.5 House Food

CA有一个特别的传统叫“House Food”。每周六晚上十一点，House里面所有的学生都会兴奋地聚集在Common Room里。为什么呢？House Parents会为我们准备一顿夜宵。还会准备可口的甜点如巧克力布朗尼等。虽然我不确定在临睡前饱餐一顿对我保持身材有没有好处，但是没有什么能比美味更让我开心了。

每个House Parents每周做的食物都不一样。他们经常做的食物包括Pasta，Mac and Cheese，Chicken Finger and Mozzarella Sticks等。当然，这些大多都是很美式的食物。

12.6 外出登记

在House里面有一个Sign-out sheet，是参加学校组织外出活动时用的。如果要跟朋友外出，没有老师监督的话就要填写一份White Slip。上面要写上大概的行程安排，比如说往返的时间、与谁同行、交通工具和联系方式等。这一份表经House Parents同意后才可以外出。从外面回来后，我要跟House Parents报到，让他们知道我回来了。有几次我在波士顿错过了火车，晚了两个小时才回去。我当时给House Parents打了个电话，请他们谅解我的晚归。

周末去朋友家过夜或者假期去寄宿家庭时，White Slip就不适用了，因为White Slip仅限日间外出，这个时候要填一份Blue Slip。其实所要填写的内容跟White Slip差不多，只不过我的House Parents会打电话给主人来确定行程。我宿舍里有几个住得近的同学，他们时不时会回家，常用Blue Slip；而我用Blue Slip的次数则比较少。

12.7 洗衣服

很多家长都会担心孩子在学校洗衣服的问题。学校一般都会有几个洗衣房提供给住宿学生们使用，有的学校还会提供给学生们便利的洗衣服务。

学校的洗衣房一般都会配备好几个洗衣机和烘干机，以便学生们轮流使用。从2012年开始，CA做了一个很特别的决定——为了方便学生，洗衣房不再收费！这里我介绍一下2012年之前CA及其他学校的洗衣房是怎么运作的，以便您了解美国其他私立学校的洗衣房情况。一般洗一次衣服并烘干要2.5美元。洗衣机的收费方式一般有两种：用磁卡或者投币。CA会给每一个学生发一个磁卡，学生不仅可以用它来打开宿舍的门，还可以用它支付日常的开销，例如在学校的书店买文具或者支付洗衣服的费用。学生可能需要准备一些25美分的硬币，以防磁卡失效导致无法洗衣服的尴尬局面。如果学校的洗衣房不能刷磁卡的话，学校会提供一个换零钱的机器。写到这里我要提醒大家，有相当一部分的投币机只接受25美分的硬币，所以要尽量省下来这些硬币。

我每周六会把要洗的衣服带到洗衣房，放入洗衣机后记上时间，然后去做其他的事。过半个小时左右，我便会再次来到洗衣房，把刚刚洗好的衣服放入烘干机，一个小时后来取。由于较多的学生会在周末洗衣服，算

CA的洗衣房

好时间并及时返回来取自己的衣服是十分重要的，这样方便大家使用。

值得注意的是，衣物是不可以晾晒在屋子里或户外的。许多中国人认为，把衣物放在阳光下晾干既可以杀菌，又穿得舒服，但是这样是非常不美观的。我听说一个朋友，刚刚移居到美国时，因为在自己家后院晾衣服被邻居投诉了。毕竟谁都不愿意在整齐雅致的校园里看到零乱的被单或者左一只右一只的袜子。

有一些学校还会请外面的洗衣公司给学生提供洗衣服务。在CA选择这种服务的学生会把要洗的衣服塞到派发的洗衣袋中，放在宿舍中等待洗衣公司一起取走并在两三天内送还。这样可以节省学生的时间，因为他们并不用担心什么时候要到洗衣房取回自己的衣物。这种办法虽然比较方便，但是相对来说价格比较贵，而且自己无法控制洗衣服的时间或次数。毕竟派发洗衣袋的容量就是那么大，塞满了之后就只好用洗衣房了。

我有一个朋友曾经差点把他的西装丢进学校的洗衣机里面，还好他及时问了我，要不然他可能要再买一套西装了。许多贵重的衣物在标签上注明是一定要干洗或者特别处理的，这些衣服是不能用洗衣机洗的，可以送到学校附近的干洗店清洗。

我的洗衣费保守估算，每年需100美元左右，这不包括购买洗衣液或芳香剂等。这些洗涤用品一般都可以在超市中买到，价格也不会太贵。相对来说签订洗衣合同会节省时间，但是价格较贵，是自己使用洗衣机价格的几倍。当然两者各有其优势，所以选择的时候还是要根据个人的具体情况来决定。

12.8 Snowday

新英格兰的冬天是喜怒无常的。尤其是Concord这种靠海边的小镇，更容易被狂风和暴雪袭击。雪大的时候为了考虑到交通问题及安全因素，学校会给我们一个Snow Day，并停课。当然什么叫“雪大”还是CA的管理层说了算。因Snow Day失去的课时是不会补的，所以有些老师会在网上布置作业。

2013年二月初的那场暴风雪足足下了两英尺！很多车被埋在漫天盖地的雪中，找都找不到了。我一辈子都没有见过那么多的雪！半夜，当我从SHAC冒着狂风、趟着过膝的雪回到House门口时，发现House的前门已经被雪堵死了！我只好在风雪中绕道后门。

暴雪，无情地打在脸上！狂风，从耳边呼啸地划过！新英格兰的冬天总是那么无情。

周日下午，暴雪终于退去。Chapel在阳光和落雪的陪伴下格外美丽。

第十三章
周末及假期

13.1 周末娱乐

周末的时候，CA会组织一些School Trip来丰富寄宿生的生活。所谓的Trip就是由老师开车，陪着我们去娱乐。想要参与trip的话要提前签名（Sign-up）。几乎每一个周末都有一两个Trip。Trip的内容很广泛，每次都不一样。可以说学校管理层想破了头皮给寄宿生创造在波士顿附近娱乐的机会。这些地方离CA不会太远，开车一个小时之内可到达。有些活动CA还会帮着学生负担一部分费用。

最常有的Trip便是去附近的影院看电影。在乘坐大巴来到目的地后，CA会给每个学生发一张电影卷，供大家选择热门的电影。有一些Trip是去附近各式各样的餐馆吃饭——中餐、日本菜、泰国菜、IHOP（早餐食品店）、Cheesecake Factory（甜点店）等。为了满足亚裔学生，CA每个学期至少会组织一次去亚洲市场H-Mart的trip。每次我都可以买到心满意足的亚洲食品。每隔几个月，CA还会组织学生到Burlington Mall采购。想要在几个小时内逛完这偌大的商场实在太难了——一家接着一家的服装店、糖果店、科技店等等总是让人觉得时间不够用。喜欢戏剧的同学可以经常参加学校组织去波士顿戏院的活动。去看演出时要细心打扮，大家都会穿正装出席。另外还有Trip去游乐园玩或打彩蛋等。

我随学校组织的trip到波士顿戏院欣赏雨果的悲惨世界（Les Miserable）

13.2 波士顿

在CA的这几年，我有了不少机会去探索波士顿（Boston）和剑桥（Cambridge）这两座美妙的城市。无论是在中国城（China Town），哈佛广场（Harvard Square）还是遍布各处的博物馆都留下了我的身影。

由于CA就在火车站旁，去波士顿对我来说是一件十分便利的事。每隔几个周末，我必定约上好友坐火车来到波士顿。无论是在中国城的海鲜大餐，还是在当代艺术博物馆（Institute of Contemporary Art）的艺术探索，或者在全美有名的糕点店Mike's Pastery排长队，波士顿总是我最心爱的那一座城市。

13.3 Open Studios

每年学校附近的艺术家们都会开放他们的工作室，也就是“Open studio”。这种一年两次的机会可是难得的，我常约上志同道合的同学去参观。

Emerson Umbrella就在学校的附近，走路只需三分钟。在这栋建于1929年的古老建筑中，各种各样的艺术家在租来的房间里搭建起一个日常创作兼生活的地方。艺术的形式可是各种各样，各种风格的画、雕塑、摄影

Concord镇上的火车站，从这里到波士顿只要四十分钟

作品、诗歌等遍布在这栋楼的每个角落。

CA的一些老师在这里也有自己的工作室，他们在空闲的时间，将这里作为一个创作的空间。我的摄影老师以及油画老师都在这栋楼里面都有自己的创作室。

Open Studios给艺术家和游客提供了一个互相交流的平台。对艺术充满热情的游客、学生来说这是一个再好不过的机会跟周围的艺术家们交流并欣赏作品。对于艺术家们，这是一个推广销售自己作品、获得反馈的机会。有时艺术家还可以把自己的作品打上价码，赚一笔小钱。

在欣赏艺术的同时许多艺术家还会向参观者提供美食。这里说的“美食”并不是山珍海味，而是在欣赏艺术同时满足胃口的点心。如精致的饼干、美味小吃或者是清爽的饮品。这样既是视觉上的享受，也是味觉上的满足。当然在逛每个画室的时候，我的嘴巴也没闲着。

本图由全景模式拍摄

13.4 艺术博物馆（MFA）

Museum of Fine Arts是我最喜欢去的地方之一。从康科德坐火车或者汽车到Alewife，然后转乘波士顿的地铁，不到一个小时便可以到达MFA。MFA是世界上最大最全面的艺术博物馆之一。里面有“油画、雕塑、摄影、珠宝、乐器、中国画、埃及文物”等，MFA涵盖了跨时空的各种艺术形式，可谓是应有尽有。我比较喜欢古埃及档案馆（The Giza Archives）、亚洲艺术展（Arts of Asia）及美国艺术廊（Art of the American Wing）里的展品。古埃及档案馆除了有出土的文物外，还有大大小小的木乃伊。亚洲艺术展有中国的唐三彩、韩国的彩画和日本的陶瓷等。American Wing的绘画、雕塑、家具、油画跟历史紧密地结合到一起。MFA还收藏了一些珍贵的照片，对于我这个摄影爱好者来说是每次必去的地方。除了这些长期展出的几个展厅外，MFA有些时候还会展出一些大师的作品，例如德加和莫奈的油画；MFA还会举办些当代艺术家的作品展。因为高中学生可以免费入场，所以一开始我几乎每个月都去一次MFA。

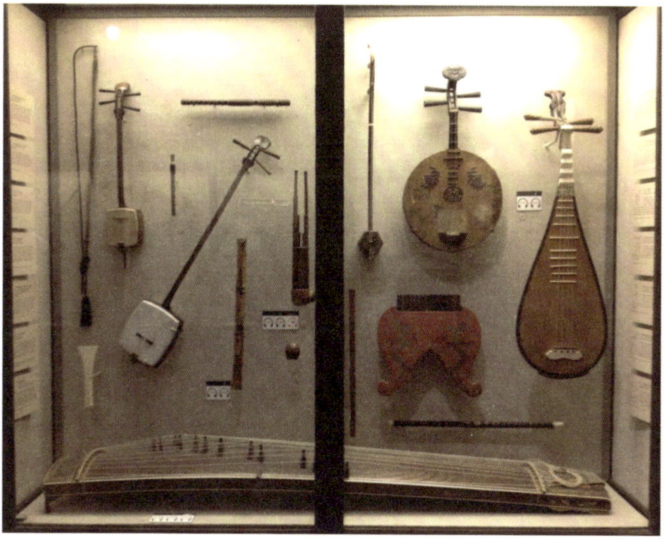

MFA的乐器展

MFA的珠宝展

13.5 划独木舟

一年中长周末会有三四个，对我来说是难得的休息、放松的机会。长周末就像中国的清明、端午节一样的短假期。有些家里离学校近的同学都回家去了，长周末校园难免显得冷清。

有一次长周末，我本是约好同学去附近的马场骑马。但是由于报名晚了一天，去的人数不够，学校原定的活动被取消了。在大家都十分沮丧时，朋友突然提议去划独木舟。我知道学校有同学不定期组织划艇活动，但是从来没有尝试过。我们找到了两位老师，愿意跟我们一起去学校旁边的河（Sudbury River）里划船。CA的船屋就建在足球场旁边，离宿舍有几步路。虽然不大，但是它有好多只独木舟（Canoe）和几艘皮艇（Kayak）。独木舟跟皮艇的区别就在于它比较大，可以乘坐两三个人，划起来比较省力。

在大家的指点下，我跟朋友出发不久后就大概掌握了技巧。虽然有时还会偏离河中央，需要重新调整方向和速度，但一路上还是比较顺利的。我们聊着天，欣赏着沿河漂亮的风景……突然我听到一声大叫。回头一看，原来另一条独木舟上的两个人已经落入水中。两人水性都好，再加上有救生衣，他们很快就游到了岸边。一行人停下船来，帮他们把独木舟拖到岸边并把里面的水空干了。原来他们由于两人的重心不稳，一下子把船弄翻了。我只好默默祈祷我在接下来的航程中不会成为另一只落汤鸡。

在帮助他们重新起航之后，我们准备继续划船。朋友双手平衡着独木舟，示意让我先上。于是我跨进了第一条腿，还没等我站稳，船剧烈地摇动了起来。我果真成了下一个受害者。掉进冷水里的感觉不是特别好受，尤其是衣服鞋子都湿透了。朋友用一种“你怎么会在岸边落水”的无辜眼神看着我，我一时无语。过了十几分钟，我们又回到了船屋，把船只、救生衣和船桨都放回原处。这一个小时内乐趣无穷，还多了一次难得的经历。

我一身狼狈地回到宿舍，冲了一个热水澡。下次再来!

13.6 寄宿家庭

来到CA这几年，我最要感谢的人便是我的Host Family（寄宿家庭）。他们不图任何回报，对我随时敞开家里的大门，并给了我许多美好的回忆。我对Murray一家无私的付出、对我的真诚关怀以及给我的宝贵建议有着说不尽的感激。

我与Murray一家是在我的Freshman Year一开始时认识的。由于CA有强大的走读生资源，学校给像我一样的寄宿学生安排了一个寄宿家庭。这个Program只需申请，并不需要任何费用。

Russ与我在用搅拌好的馅料填充准备进烤箱的火鸡

我恨不得把这只火鸡生吃!

我的Host Family时不时地带我出去玩。我已经数不清楚我们去过了多少家餐馆，喝过多少次早茶。他们很细心，总是开车带着我尝试新花样，去以前没去过的餐馆。有一次，在知道了我想带着相机去摄影后，他们开了一个半小时的车带着我来到了麻省美丽的Crane Beach。他们在沙滩上散步，看着我略带滑稽地背着三脚架和大相机在海滩上跑来跑去。我在海滩上夕阳落下时拍下了那一年最满意的一张照片。

Russ是个体育迷。他是棒球和篮球的铁杆粉丝。他还与我在他家的篮球架下交过几次手。2012年的感恩节假期，Russ带着我来到了波士顿凯尔特人队的主场TD Garden看了我人生中第一场现场NBA比赛。当晚的比赛是Celtics坐镇主场对垒马刺队。比赛开始后，Russ和我不停地鼓掌呐喊，为球星们加油。

Celtics的主场TD Garden

现场比赛的气氛是任何电视直播都无法相比的，我可以感觉得到周围球迷的热情扑到我脸上。虽然凯尔特人最终还是不敌马刺，但是我永远都会记得这次特别的经历。谢谢你，Russ!

13.7 假期

CA大大小小的假期加起来有近5个月。十一月的感恩节假期有一周；十二月的圣诞假有三周；三月份的春假有三周。暑假则是从六月初到九月初，足足有三个月。更好的是，我们在享受假期的时候不必被“假期作业”所困扰。老师们认为假期就是让我们做自己想做的事。不过暑假例外，英语部门要求我们从一张经过精挑细选的书单中选读五本小说。

每年的六月初是CA的Senior告别母校的时候，也是暑假的开始。在过去的两个暑假里，我做过最有意义的活动是学习高尔夫球、准备SAT、参加招商银行深圳分行的“未来精英实习计划”以及到甘肃支教。

13.7.1 参加游子交流团

我从小在深圳长大，在爱和关照中成长，很少经历心酸和贫穷。有一次在看电视的时候，我注意到了一则公益广告上惊人的数字：截止2012年，中国农村留守儿童已经超过五千八百万人。因为父母常年外出打工，导致一颗颗留守儿童心的破碎。来到美国以后在身边老师和同学的影响下，我对个人的社会价值观和奉献精神又有了另一层认识。我参加了游子交流团①。2012年的6月我们来到甘肃省武威市附近乡村的学校，参加两个多星期的支教活动。

来到第一个支教学校——和寨学校后，我得知没有足够的宿舍，男生要睡在教室临时拼起的四十张课桌上。我的“床”可谓是高低起伏。虽然大家在晚上要挤在一起，连翻个身都难，但听着每个人的心得、感触和故事入睡是另一种感受。另外学校缺水，没有建立引水、排水系统，上洗手间和洗澡都成了难题。学校的厕所其实就是一栋泥房加下面一个土坑，一天可能清洗一次。如果让我用一句话十分准确地概括，那便是“臭气熏天，苍蝇满天飞”了。对于我们以及大多数当地人来说，洗澡更是不可能了。

13.7.2 我来当小老师

在十几门科目当中，我决定教授英语这一科目。由

① 游子交流团于2007年5月由深圳市7名高中生发起，是非官方非营利的学生公益组织。2012年5月团队总参与人数超过6000人。共筹得捐款230余万元，服务社会公益时间约10万小时。对甘肃、四川、广东地区的20多所学校进行过助学活动。

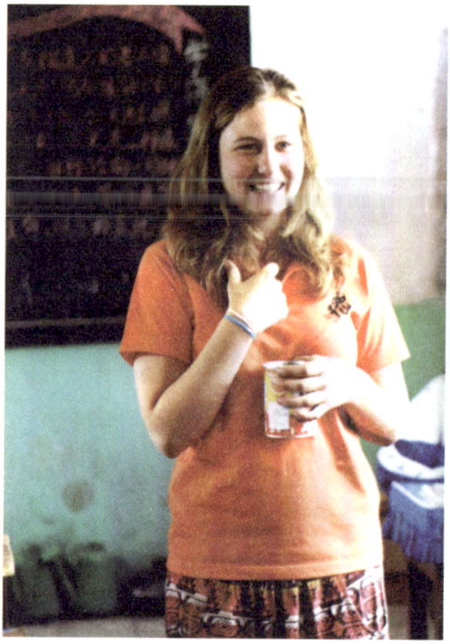

英国的"外教"在上课

于自己的口语较好，并有一些经验和方法，我想帮助许多农村学生解决"哑巴英语"问题。这次活动游子团还跟英国的Atlantic College合作，请来了20多位同龄的外国学生跟我们一起教授英语课。许多当地的孩子们也许一辈子都没有见过外国人，因此英语课的活跃度都比较高。

我和我的"学生们"

13.7.3 家访

每周二我们会去学校一些贫困学生的家里家访，以了解情况来决定是否资助这些家庭。根据学生家庭的距离不同，我们可能会走几个小时的山路，骑自行车，或者坐车前往。在我走访的五个家庭中，有三个孩子的父亲或母亲外出打工、离异或病逝。我教过的一个孩子，全家四口人一年收入三千元让我难过得不知道说什么好。三千块对于许多人来说就是买一个包，吃一顿饭还嫌不够的钱。

同行的另一个组人在家访的时候遇上了这样一个家庭：在问到孩子家里有几口人的时候，他说家里一共九口人——爸爸、妈妈、爷爷、奶奶、舅舅、舅妈、哥哥、妹妹和自己。到家里去的时候，发现家徒四壁，空得不能再空的家里毫无生气。不仅没有想象中的热闹，

我家访过的一个学生，一直躲避着我们，不肯说话。他的背影让我们家访的一行人陷入了沉思。

家里三十年的危房和简朴的院子让他们感觉不对劲。聊了不到几句，一直阴着脸的爷爷直接把去家访的一组人全都赶了出去。其实孩子的父母早已不在了，家里只有体弱多病的爷爷勉强撑起只有两个人的家。孩子为了面子，硬把剩下的七个人编了出来。讲到这里，本是活跃的一群人全都陷入了深思中。

一位六年级的学生在我们举办的“我的理想”有奖命题作文大赛中写道：“我希望人人平等，没有贵贱之分。我知道，我自己一个人是微不足道的。所以我要呼吁全国，呼吁团结所有人的力量来一起改变……”读到这里，我们的眼眶全都红了。

学生们清晨开始一天的早读

为了促进课堂活跃度，我们还精心准备了糖果及文具作为礼物，来鼓励同学们发言。

这次活动，我最大的收获不是这些照片，而是与学生们之间建立的感情。临走之前，当地的学生们与我们依依不舍地告别，还留下了联系方式。我们答应他们，明年一定还来，明年一定还来……

13.8 三代人

2010年的暑假，我去看望住在湖北省大别山的爷爷。爷爷是1935年出生的，爷爷十四岁家那年迎来了中华人民共和国成立。爷爷的家非常偏僻，在那个年代读书是件很奢侈的事。爷爷的父母体弱多病，要养活7个孩子，难上加难。爷爷从小就帮家里放牛、砍柴，十四岁时已经干起了十分繁重的农活。爷爷一生都没有机会读书。尽管他不识几个字，但是他勤劳善良，是村里有名的“面匠”，做得一手好面条。

我爸爸出生于1964年。1978年十四岁的爸爸读上了离家五、六十里以外的镇上高中。他经常要挑上家里的干柴、粮食，翻山越岭走到学校去上学。学校里一日三餐是自带的腌制酸豇豆，一年里难得吃到几次荤菜。爸爸读的初中是建在大山头上的一所林业中学。学校的教室和宿舍没有电，同学们靠自带煤油灯照明。爸爸家里穷，连煤油灯也带不起。爸爸在学习之余还要和同学一起为学校种麦子。他读书时常常挨饿，忍不住的时候就会提前溜出课堂，用饭票向厨房师傅换点锅巴当饭吃（锅巴比米饭扛饿）。有一次实在饿急了，捡起别人丢在地上的熟地瓜皮，拍拍灰就送进了嘴巴。爸爸十四岁的时候，中国已经恢复了“高考制度”。他刻苦学习“数理化”，终于在十六岁那年走出大别山，到首都北

三代人，2006年1月

三代人，2010年8月

京上了大学。后来还有了到香港长期工作的机会。

我十四的时候已经跨过太平洋，来到全美国最好的私立高中之一——康科德学院学习。学校提供了最好的教育资源给我们用；食堂提供了丰盛的食物给我们吃。我可以定制自己的课程表，学习我喜欢的历史、数学、经济、艺术等课程。在课外我可以选择我喜欢的俱乐部、讨论各种感兴趣的话题。我的同学来自10个国家、全美15个州。学校鼓励我们独立思考并表达不同意见。在关爱和富有挑战的康科德大家庭中，发现并且发展自身的才能。这些都让爷爷和爸爸羡慕不已。

爷爷出生在中国解放前，十四岁的时候为养家糊口而生活。爸爸出生在解放后，十四岁的时候为学习知识而忍受贫穷。我十四岁的时候已经来到全球最好的私立高中之一，为梦想而努力学习。我们一家三代人的经历跨越了六十年——整整一个轮回。一家三代人巨大的变化，正是很多中国家庭变化的缩影。有了新中国的成立才会有爷爷的期待；有了近三十年中国的改革开放才会有爸爸的梦想。而我站在爷爷和爸爸之间，既为他们感到骄傲，又深感自己的责任重大。我有这么好的条件来学习和生活，我怎样才能回馈爷爷的期待、爸爸的梦想，回馈国家和社会呢？

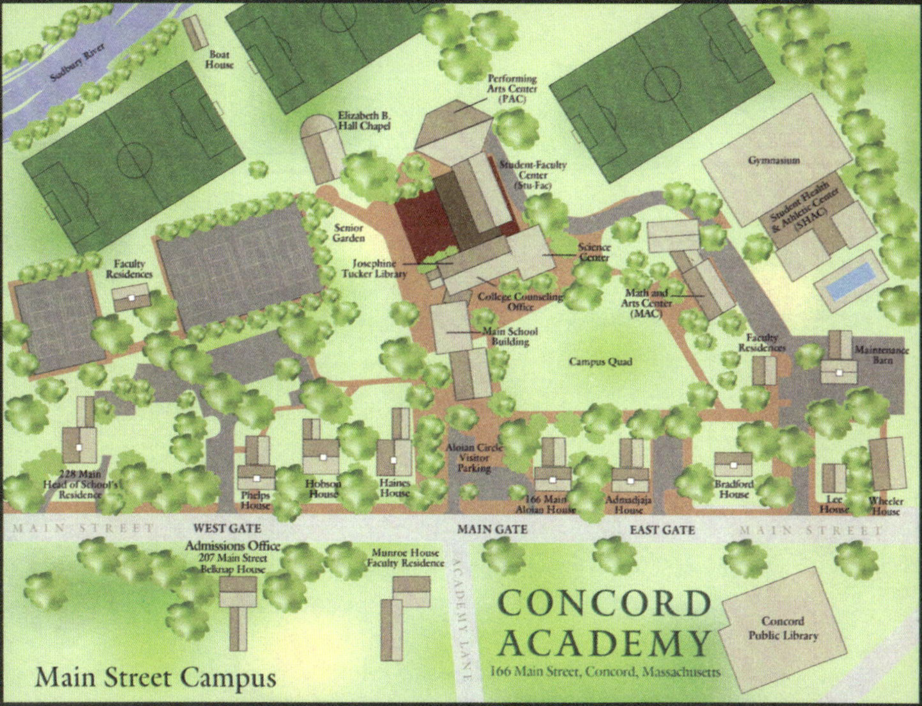
Sudbury River
Boat House
Performing Arts Center (PAC)
Elizabeth B. Hall Chapel
Student-Faculty Center (Stu-Fac)
Gymnasium
Student Health & Athletic Center (SHAC)
Senior Garden
Faculty Residences
Josephine Tucker Library
Science Center
College Counseling Office
Math and Arts Center (MAC)
Main School Building
Campus Quad
Faculty Residences
Maintenance Barn
228 Main Head of School's Residence
Phelps House
Hobson House
Haines House
Aloian Circle Visitor Parking
166 Main Aloian House
Admadjaja House
Bradford House
Lee House
Wheeler House
MAIN STREET
WEST GATE
MAIN GATE
EAST GATE
MAIN STREET
Admissions Office
207 Main Street
Belknap House
Munroe House Faculty Residence
ACADEMY LANE
CONCORD ACADEMY
166 Main Street, Concord, Massachusetts
Concord Public Library
Main Street Campus

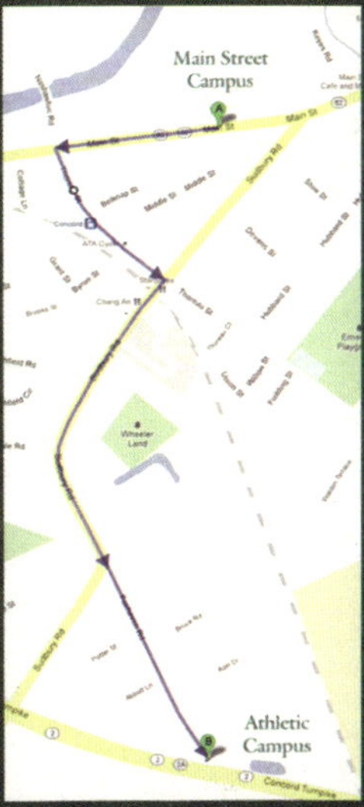
Main Street Campus
Athletic Campus

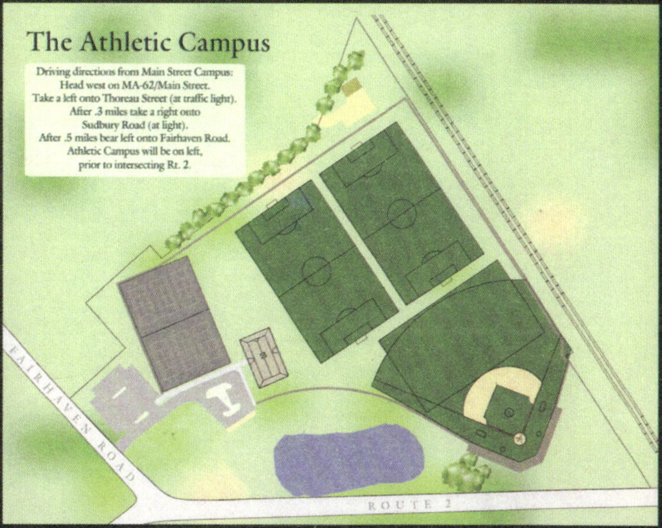
The Athletic Campus
Driving directions from Main Street Campus:
Head west on MA-62/Main Street.
Take a left onto Thoreau Street (at traffic light).
After .3 miles take a right onto
Sudbury Road (at light).
After .5 miles bear left onto Fairhaven Road.
Athletic Campus will be on left,
prior to intersecting Rt. 2.
FAIRHAVEN ROAD
ROUTE 2